KB101999

강서울 현대 판타지 소설
MODERN FANTASTIC STORY

탑스타의
재능 서고

탑스타의 재능 서고 6

강서울 현대 판타지 소설

초판 1쇄 찍은 날 § 2021년 7월 16일
초판 1쇄 펴낸 날 § 2021년 7월 23일

지은이 § 강서울
펴낸이 § 서경석

총괄팀장 § 노종아
편집책임 § 박현성
디자인 § 공간42

펴낸곳 § 도서출판 청어람
등록번호 § 제387-1999-000006호
등록일자 § 1999. 5. 31
어람번호 § 제1-3144호

주소 § 경기도 부천시 부일로 483번길 40 서경B/D 3F (우) 14640
전화 § 032-656-4452 팩스 § 032-656-4453
http://www.chungeoram.com
E-mail § chungeorambook@daum.net

ⓒ 강서울, 2021

ISBN 979-11-04-92360-9 04810
ISBN 979-11-04-92327-2 (세트)

6

강서울 현대 판타지 소설

MODERN FANTASTIC STORY

탑스타의
재능 서고

탑스타의
재능 서고

목차

제1장

새로운 도전Ⅱ

며칠 전에 봤던 익숙한 얼굴.

상준은 그 짧은 순간의 기억을 확실히 떠올려 냈다.

아니, 잊을 수가 없었다.

'엄마야! 나 연예인이랑 사진 찍었다아아!'

'꺄아아아!'

'어머니, 서영이 출세했어요!'

고깃집을 뒤흔들어 놓았던 엄청난 텐션의 여고생 세 명이 분명하다. 다시 만나게 될 거라고는 예상치 못했을뿐더러 여기서 만나게 될 줄은 더더욱 몰랐다. 상준은 두 눈을 끔뻑이며 입을 떡 벌렸다.

"안녕하세요, 한서영입니다!"

"유다경입니다!"

"이한비라고 합니다. 잘 부탁드립니다!"

상준은 얼떨떨한 정신을 차리느라 정신이 없었지만, 제법 우렁찬 목소리로 패기 있게 인사하는 셋이다.

바닷가 남매부터 고깃집 친구들까지.

인연이라면 인연이라는 생각에 상준은 피식 웃음을 지어 보였다.

'이쪽을 준비하는지는 몰랐지만.'

상준이 흥미로운 눈길로 고개를 들던 순간.

댄스팝 장르의 강렬한 노래가 연습실에 울려 퍼졌다.

'이건……'

여학생들이 선곡한 곡은 블랙빈의 「러브 포이즌」이었다.

안무 난이도 자체도 상당한 데다가 소속 회사의 곡이라는 엄청난 변수가 있는 노래. 심사 위원들의 시선도 한층 냉정해졌다.

'잘할 수 있을까.'

탑보이즈 멤버들조차도 버겁게 연습했던 곡이다. 중간중간 쉴 틈 없이 몰아치는 안무가 특징이고. 과연 저 어려운 곡을 잘 소화해 낼 수 있을까, 상준은 확신할 수가 없었다.

그런데.

그런 상준의 우려를 가뿐히 뛰어넘는 실력.

This is my love poison
난 벗어날 수 없어

노래가 시작하자마자 해맑던 표정은 어디로 가고 진지해진 서영이 중앙에서 치고 나왔다. 「러브 포이즌」의 파워풀한 안무에도 전혀 끊김 없이 동작을 이어가는 셋.

"…어?"

연습생 경력이 따로 있지도 않은 친구들이기에, 조승현 실장 역시 별다른 기대는 하지 않았다. 고깃집에서 보여준 분위기가 너무 발랄하고 해맑았으니, 이런 컨셉의 노래를 소화해 낼 수는 있을까 의문마저 들었었고. 그런데 이건 전혀 예상하지 못했던 매력이다.

쉬지 않고 외쳐
It's like a love poison

팔다리를 온전히 활용해야 하는 강렬한 안무.

숨이 찰 정도로 힘든 노래지만, 제법 열심히 보컬도 채워간다. 완벽하다고는 할 수 없지만 가능성이 보이는 보컬까지.

'괜찮은데?'

동시에 비슷한 생각을 한 상준과 조승현 실장은 두 눈을 반짝였다.

조승현 실장만큼이나 오랫동안 연예계에 몸을 담고 있었던 건 아니지만 그런 상준조차도 저 세 명의 실력이 평균 이상이라는 것쯤은 충분히 알 수 있었다.

"자, 그만."

뚝.

노래가 끊어지자마자 다시 본연의 모습으로 돌아가는 서영이다.

"네네."

"허억… 헉."

거친 숨을 몰아쉬며 심사 위원들의 눈치를 살피는 걸 보니 그때 봤던 그 학생들의 모습 그대로다. 심사 위원들의 입이 떨어지기만을 기다리는 초롱초롱한 눈빛.

'허어. 표정 관리까지.'

방금 전까지 살벌한 시선으로 「러브 포이즌」을 소화해 내던 애들이 맞나 싶을 정도다.

"으음."

잠시 턱을 쓸어내리는 조승현 실장에게 모두의 눈빛이 쏠렸다.

칭찬을 한마디라도 건넬 줄 알았던 조 실장은 예리한 시선으로 시은을 향해 손짓했다.

남동생과 나란히 심사 결과를 기다리고 있던 시은은 놀란 눈으로 고개를 들었다.

"한번 같이 춰볼래요?"

"제, 제가요?"

"출 줄 알아요?"

조승현 실장의 물음에 시은은 세차게 고개를 끄덕였다.

조승현 실장은 볼펜을 쥔 채 카리스마 넘치는 눈빛으로 말했다.

"노래 다시 틀어봐."

"네, 제가 틀게요."

옆에 있던 상준이 블랙빈의 「러브 포이즌」을 틀자마자 곧바로 자리를 잡는 아이들. 미리 이 곡을 준비하지도 않았던 시은이 잘

할까 싶었지만, 이번에도 상준의 예상을 빗나가는 그녀였다.

"와."

마치 원래부터 한 그룹이었던 것처럼 자연스럽게 어우러지는 시은.

춤 실력만 대강 보려 했던 조승현 실장도 놀란 눈으로 볼펜을 떨구었다.

"뭐지?"

시은은 다른 친구들의 동선까지 파악하여 즉각적으로 빈자리를 채웠다. 시은의 판단력이 빛을 발하는 순간이다. 원래부터 4인조 그룹인 블랙빈이니, 시은의 합류로 비로소 무대가 꽉 차는 기분이다.

"대박인데요?"

1팀장이 감탄하며 나직이 말을 뱉었다.

그의 말에 동감하는 건 조승현 실장도 마찬가지였다.

혼자 독학을 한 모양인지 완벽하지는 않지만 나름의 매력이 있다.

춤 선이 타고나게 부드러운 케이스. 아까의 완벽한 노래 실력까지 생각한다면 지금 당장 데뷔시켜도 손색이 없는 정도였다.

"메인보컬 해도 괜찮은 것 같은데."

"애들이 어울리네요."

어딘가 통통 튀는 느낌. 전반적인 분위기마저 잘 어우러지니 흡족한 미소가 나올 수밖에 없다.

뚝.

"여기까지 봐도 충분할 거 같은데."

노래가 끝나자마자 만족스러운 탄성이 심사 위원들 사이에서 튀어나왔다. 시은의 실력이야 이미 확실히 확인했으니 더 볼 것은 없다. 조승현 실장의 시선은 다시 우진에게로 향했다.

"아까 기타 치던 친구."

"네?"

「밤바다」의 기타와 편곡을 맡았던 우진이었다.

하지만, 정작 화음을 까느라 노래 실력을 확실히 듣지 못한 상태였기에 조 실장의 예리한 질문이 이어졌다.

"노래 단독으로 불러볼래요?"

"아, 네."

약간은 자신 없는 표정으로 기타를 손에 쥔 우진.

그의 손끝에서 감미로운 멜로디가 흘러나왔다.

디리링.

클래식기타 특유의 울림 있는 소리에 리듬을 타던 것도 잠시, 우진의 부드러운 목소리가 그 위에 얹어졌다.

'자작곡인가.'

처음 듣는 멜로디와 낯선 가사.

상준은 우진이 부르는 노래가 자작곡임을 직감했다.

「21세기의 베토벤」.

상준의 작곡 재능은 우진이 만들어가고 있는 노래의 구조를 단번에 알아챘다. 난해하고 어려운 코드들로 화음을 만들어내는, 일반인이 듣기에는 다소 독특할 수도 있는 노래.

그 노래를 우진의 듣기 좋은 음색이 살려내긴 했으나, 심사 위원들의 표정은 오묘했다.

"대중적이지 않은데."

그것이 그들의 첫 번째 감상이었고.

"노래도 그냥 무난 무난……."

"평범한데, 그냥."

두 번째 감상은 가창력에 대한 지적이었다. 타고난 음색이 좋긴 하나, 단독으로 노래를 이끌고 가기엔 가창력이 부족하다.

잠시 고민하던 조승현 실장은 말을 얹는 대신 천천히 고개를 들었다.

"네, 잘 들었습니다."

많은 의미를 담고 있는 조 실장의 한마디와 함께, 미니 오디션은 끝이 났다.

＊　　　＊　　　＊

"잘들 했어요?"

"와, 저 진짜 죽는 줄 알았어요."

"저도, 저도. 심장이 진짜 터져 버릴 거 같아서."

JS 엔터 앞 분식집.

오디션이 끝나고 밥을 사주겠다며 아이들을 데리고 나온 상준이다. 우연히 마주친 것도 놀라운 데다가, 앞으로 한솥밥을 먹게 될지도 모르는 유망주들인 만큼 챙겨주고 싶어서였다.

"그래도 다들 잘하던데. 여기 떡볶이 좀 주세요."

주문과 함께 상준은 미소를 지으며 학생들을 돌아보았다.

무심하게 툭 던진 말이긴 했지만 빈말은 아니었다.

진심으로 잘했으니까.

상준이 흐뭇한 눈길로 떡볶이를 기다리는 사이, 서영은 또다시 오늘의 소식을 부모님께 생중계 하고 있었다.

"엄마, 나 오디션 대박 잘 봤다니까."

"어머니, 서영이랑 저희 출세했어요!"

"아니, 아니. 다들 설레발 좀 치지 말고!"

수화기 너머로 또다시 탄식이 들려온 것 같았지만 굴하지 않고 신이 난 아이들이다.

"자, 떡볶이 나왔습니다."

"와아아악, 대박! 대박!"

그사이에 모락모락 김을 내며 나온 떡볶이.

상준은 젓가락을 꺼내 들고선 군침 도는 비주얼을 내려다보았다.

입안에 화악 퍼지는 매콤한 향. 자꾸만 당기는 떡볶이를 한 입에 밀어 넣은 상준은 천천히 본론으로 들어갔다.

"오디션은 어쩌다가 보게 된 거예요?"

바닷가 남매는 워낙 화제가 되었으니 그렇다 쳐도, 고깃집에서 만난 친구들은 정말 의외였다. 짧게 스쳐 간 터라 이쪽에 관심이 있었는지도 몰랐으니까. 떡볶이를 우물거리던 서영이 손뼉을 치며 말했다.

"아, 그게 어떻게 된 거냐면."

JS 엔터 근처 예고를 다니고 있던 학생들이다.

원래부터 오디션을 준비하려고 하고 있었는데, 그때 우연히 만난 탑보이즈 덕에 JS 엔터 오디션을 가장 먼저 보게 되었단다.

"이렇게 딱 만나서 오디션까지 본 거면……! 전 이 회사랑 운명인 거 같아요."

"야, 뭐래. 너 아까 가사도 틀렸잖아."

"티도 안 났거든?"

투닥거리는 여학생들을 향해 시은이 자연스럽게 끼어들었다.

"엄청 잘하던데요. 진짜 티 하나도 안 났어요."

"와, 이분이 뭘 좀 아시네."

꺄르르 웃어대며 순식간에 오디오를 채우는 친구들이다.

상준은 어지러워질 뻔한 정신을 간신히 붙들고선 아이들을 바라보았다. 넘쳐흐르는 텐션만 봐도, 조승현 실장의 판단대로 한 그룹에 있어도 충분히 어울릴 거 같았다.

문제는······.

"······."

아까부터 말없이 앉아 있는 우진이었다.

오디션이 영 만족스럽지 않았는지 잔뜩 굳어 있는 표정이다.

상준은 오징어튀김을 건네며 부드럽게 물었다.

"튀김도 좀 먹을래요?"

"아, 네."

고개를 끄덕이며 받아 들지만 굳어진 표정은 풀어지지 않는다.

상준은 우진을 향해 넌지시 질문을 던졌다.

"오디션 잘 안 된 거 같아요?"

"그건 아닌데······."

우진은 씁쓸한 미소를 지으며 튀김을 한 입 베어 물었다.

아까의 오디션 때부터 머릿속을 맴돌던 한마디가 있었다. 한 중소 엔터에 들어가 귀에 닳도록 들었던 타박.

'니들 하고 싶은 거 하지 말라고! 사람들이 보고 싶은 걸 해야 할 거 아냐.'

그 말을 직접 듣진 않았지만, 자신을 훑어 내리는 심사 위원들의 시선에서 같은 말을 들은 기분이었다.

바닷가를 바라보며 즐겁게 기타를 치고, 다른 사람들에게 자신이 만든 곡을 들려주는 것이 그저 즐거웠던 우진이다.

하지만, 정작 그런 우진을 인정해 주지 않는 곳이 더 많았다.

"너무 획일화된 노래를 하는 건 싫어요."

자신의 음악에 고집이 있는 우진.

아이돌 연습생의 길을 단번에 포기했던 것도 그 때문이었다.

우진은 인상을 찌푸리며 나직이 뱉었다.

"자기 색깔이 없잖아요, 다들."

우진의 묵직한 한마디에 시은이 놀란 눈으로 옆구리를 찔렀다.

"...야."

어떻게 보면 이미 데뷔한 상준을 포함한 다른 가수들을 저격하는 말이기도 했다. 도전적인 우진의 말에 혹시 상준이 화를 내진 않을까.

정신없이 떡볶이를 먹어대던 여학생들도 침을 삼키며 상준을 돌아보았다.

'재밌네.'

하지만, 상준은 여전히 평온한 얼굴이었다.

우진이 건넨 말에 개의치 않는다는 듯한 표정으로, 상준은 그를 돌아보았다.

그렇게 자신의 음악에 자신이 있다면.

그렇게도 확고한 색깔을 가지고 있다면.

"보여줘 봐요, 그럼."

"네… 네?"

자신의 세계에 온전히 빠져 있는 우진을 향한 물음.

상준은 자리에서 일어나며 우진에게 손짓했다.

"따라올래요?"

제2장

성장

JS 엔터의 작업실.

상준은 우진을 끌고선 문을 열어젖혔다.

웬만한 노래는 이 자리에서 바로 만들어낼 수 있을 정도로 고급진 미디 장비들과 깔끔한 분위기의 디자인.

"와."

「밤바다」를 포함한 탑보이즈의 많은 노래들이 탄생한 공간이다. 상준도 이곳을 처음 찾았을 때 적잖이 놀랐으니 중소 엔터에만 있었던 우진은 더할 터였다.

"앉아봐요."

상준은 고개를 까닥이며 가죽 의자를 손으로 가리켰다.

작곡에 자신감이 넘쳐흘렀던 우진. 하지만, 우진이 꺼내 든 자작곡에 대한 감상은 상준도 비슷했다.

'너무 난해해.'

대중성과는 거리가 먼 곡.

우진은 그것마저도 자신의 색깔이라고 치부하며 대중가요를 공공연히 무시하고 있었다.

자신감은 좋지만 지나친 자신감은 독이 될 수도 있다.

그렇기에, 상준은 그 사실을 우진에게 짚어주고 싶었다.

"한번 들려줘 봐요."

"네, 뭐."

노래를 부르라고 할 때는 잠시 망설였던 그였지만 작곡에 있어서는 즉각적인 반응을 보이는 우진이다. 우진은 능숙하게 컴퓨터 앞에 앉았다.

장비를 활용하는 법조차 몰라 일일이 음을 찍어나갔던 상준과는 달리, 마치 제 작업실인 것처럼 자연스러운 그였다.

상준은 넌지시 우진에게 물었다.

"미디 작곡도 좀 만져봤나 봐요."

"간단하게는 배웠는데……."

우진의 시선이 벽에 놓인 기타로 향했다.

"그래도 저쪽이 조금 더 편합니다."

항상 신나 있던 시은과는 달리 줄곧 무표정인 우진이다.

남매가 맞긴 한가 신기할 정도의 갭에 상준은 피식 웃음을 흘렸다.

잠시 장비를 익히던 우진은 몇십 분도 지나지 않아 간단한 멜로디 라인을 그려냈다.

디리링.

컴퓨터에서 울려 퍼지는 기타 소리.

간단한 베이스 음과 노래의 기본이 되는 멜로디가 어우러진다.

그때 오디션장에서 들었던 것과 비슷한 느낌.

"으음."

상준은 턱을 쓸어내리며 우진의 작업 화면을 살폈다.

한눈에 봐도 복잡한 멜로디 라인과 잘 쓰이지 않은 종류의 화음.

그것이 어우러져 만들어내는 노래는 대중에겐 다소 생소하게 다가올 터였다.

'나쁘진 않은데.'

끌리지는 않는다.

MSG가 팍팍 들어간 라면 스프 옆에서 천연 조미료를 고집하는 느낌이랄까.

상준은 분주한 우진을 향해 조심스레 물었다.

"…다 완성된 거예요?"

"마지막 다듬는 부분만 마무리하면 됩니다."

이쯤이면 충분하다. 상준은 고개를 끄덕이며 우진을 제지했다.

"한번 틀어봐요."

"아, 네."

파일을 클릭하자마자 흘러나오는 자작곡.

분명 작곡을 못하지는 않는다. 아니, 오히려 천재성이 돋보이는 수준이었다. 그런 난해한 코드를 바탕으로 잘 어우러지는 노래를 만드는 게 결코 쉬운 일은 아니니까.

하지만.

"다시 듣고 싶은 느낌은 아니에요."

"……."

냉정한 상준의 한마디에 우진의 표정이 굳어졌다.

「21세기의 베토벤」.

그의 재능은 확실하게 직감해 내고 있었다.

어려운 노래라고 평가받을지언정, 지금 이 노래가 듣기 좋은 노래는 아니라는 걸.

"다들 본인만의 색깔이 없다고 했죠?"

어찌 보면 오만할 수도 있는 생각.

상준은 아까 우진이 했던 말을 다시 짚어주었다.

우진은 대답 대신 물끄러미 상준을 올려다보았다.

'생각이 바뀌진 않은 것 같네.'

무표정인 그에게서도 고스란히 읽을 수 있는 감정.

그렇다면.

"잠깐만요."

상준은 고민 없이 컴퓨터 앞으로 향했다.

여전히 손수 음을 찍는 것밖에 못 하긴 하지만.

'…뭐지?'

순식간에 우진의 작업 화면 위로 채워지는 음들.

난해한 코드는 보다 대중적인 코드로 바꾸고, 전반적인 멜로디에 색다른 느낌을 준다. 딥한 분위기를 정반대로 바꿔놓으면서도 멜로디 라인은 살리고……

'이것도 트로피컬 하우스 계통이 어울리려나?'

묘하게 〈밤바다〉를 닮은 듯한 우진의 멜로디.

거기서 밤하늘을 연상한 상준의 두 눈이 반짝였다.

"이렇게 하면 되겠네."

완벽하게 방향성이 잡히고 나니 망설일 것도 없다.

'뭐가 저렇게 빨라?'

일일이 음을 찍어내는 것도 놀라운데 조금의 막힘도 없다는 건 더욱 충격적이다.

점점 더 빨라지는 상준의 손놀림에 우진이 넋을 놓고 있는 사이.

"끝났어요."

상준의 편곡은 예상보다 훨씬 빨리 끝났다.

줄곧 담담하던 우진도 놀란 눈으로 벌떡 일어섰다.

"벌써요?"

아무리 기본 멜로디 라인이 있다고 해도 이렇게 빨리 끝내 버리다니.

몇 분이 지나지 않은 시각을 확인한 우진은 멍한 얼굴이 되었다.

"한번 들어볼래요?"

얼떨떨한 우진에게 헤드셋을 쥐여주는 상준.

우진은 엉거주춤한 자세로 헤드셋을 받아 들었다.

그의 귓가에 울려 퍼지는 아까의 멜로디.

분명 자신이 구상했던 그 멜로디인데……

'뭐야.'

느낌이 다르다.

딥하던 우진의 멜로디를 완전히 반전시킨 편곡.

하지만, 그보다 더 놀라운 건 따로 있었다.

'이런 느낌이긴 했는데.'

처음에 우진이 생각했던 이미지. 어떻게 알아낸 건지는 모르겠지만, 오히려 그 이미지를 한결 부각시킨 느낌이다.

짙고 어두운 밤하늘의 이미지를 고스란히 살려내면서도 훨씬 더 중독성 있는 베이스를 첨가했다.

무작정 처지는 곡이 아닌 여름 분위기의 시원한 느낌으로 바뀌어 버린 노래.

우진은 그 의도를 알 것만 같았다.

"혹시……."

"시은 씨 목소리에 어울릴 것 같아서요."

「밤바다」 당시에 시은은 청량하고도 시원한 보컬을 선보였었다.

그녀의 목소리와 너무도 잘 어울릴 법한 신나는 노래에 우진은 두 눈을 끔뻑였다.

'그걸 계산했다고……?'

실제로 우진이 작곡하는 노래의 대부분은 시은이 부르곤 했다.

기존 가요의 편곡 버전 역시 그러했고.

하지만, 정작 본인의 노래를 작곡할 때는 괜한 욕심에 자꾸만 난해해지고 있었다.

'폼이지.'

자신의 색깔을 살리기 위한 게 아니라, 자신의 능력을 자랑하기 위한 용도. 그걸 알아챈 상준은 담담한 목소리로 말을 이었다.

"처음에 보여준 곡이 본인의 색깔이라고 생각해요?"

"그게……."

우진은 쉽게 입을 떼지 못했다.

인정하기 싫었지만 인정할 수밖에 없었으니까.

'좋아.'

상준이 편곡했던 버전이 자신이 만들어낸 원본보다 훨씬 좋았다.

자꾸만 듣고 싶은 멜로디. 처음에 심사 위원들이 지적했던 포인트가 바로 이것이라면, 우진은 할 말이 없었다.

난해한 곡이라며 지적하던 사람들에게 수준을 운운했지만, 어쩌면 자신 혼자 허공을 부유하고 있었던 게 아닐까.

'말도 안 돼.'

"……."

우진이 충격에 빠진 얼굴로 앉아 있던 그 순간.

쾅쾅.

복도에서 울려 퍼지는 소음에 상준은 고개를 들었다.

작업실 벽에 붙어 있는 멤버들의 얼굴이 눈에 들어왔다.

'야, 야!'

입모양으로 열심히 상준을 부르는 멤버들.

손목시계를 확인한 상준은 제자리에서 일어났다.

"아."

이 뒤에 선우의 생일 기념 유이앱이 있으니 가봐야 할 시간이다.

아까와 달리 부쩍 처진 듯한 우진의 어깨가 안쓰럽긴 했지만.

상준은 고개를 푹 숙이고 있는 우진에게 부드럽게 말했다.

"저는 가볼 테니까 한번 생각해 봐요."

"……."

혼자만의 세계가 아닌 다른 이들에게 들려줄 수 있는 음악을 위해.

상준이 던질 수 있는 유일한 조언이었다.

"…정말 본인의 색깔이 뭔지."

상준의 묵직한 한마디가 작업실에 울려 퍼졌다.

*   *   *

"생일 축하합니다, 생일 축하합니다!"

"와아아악!"

"촛불, 촛불!"

요란한 멤버들의 함성과 함께 시작한 유이앱.

상준은 케이크를 든 채 선우의 앞으로 다가갔다.

오늘도 활발한 댓글들은 정신없이 올라오고 있었다.

―생일 축하해!!!!!

―꺄아아아아아ㅏ아

―촛불 어서 불자!!!

"이미 저희가 선물은 줬지만."

"…네?"

"자, 방송용 선물!"

지나치게 뻔뻔한 도영과 상준의 멘트에 촛불을 끄고 난 선우
는 억울한 표정이 되었다. 예상대로 자리에 앉자마자 오늘의 일
들을 팬들에게 털어놓은 선우다.

"아니, 그래서 얘네가 저한테 닭을 선물로 줬다니까요?"

"이따 튀길 거예요. 방송 끝나고."

어김없이 촐싹대는 도영의 한마디에 선우는 짐짓 살벌한 말투

로 받아쳤다.

"너어— 진짜 안 튀기기만 해봐."

"상준이 형, 형이 튀겨줘."

"내가?"

"안 튀기면 저 형이 날 튀길 거 같아서 그래."

오늘 낮에 봤던 선우의 모습을 떠올렸을 때.

"으음, 가능성 있네."

상준은 고개를 끄덕이며 도영의 어깨를 토닥였다.

선우의 살벌한 눈길이 도영을 향하고 있었지만, 당연한 우애
답게 상준의 결정은 확고했다.

"잘 튀겨봐, 도영이."

결코 도와줄 리가 없다.

선우는 신이 난 얼굴로 양팔을 휘저었다.

"와, 맏형이 허락해 주셨다!"

"와아아악! 파티다!"

무서운 것들.

너무도 평화로운 광경 앞에서 도영은 식겁했다.

—ㅋㅋㅋㅋㅋㅋㅋㅋㅋㅋㅋㅋ

—왜케 무서운 얘기를 해맑게 하냐 ㅋㅋㅋㅋㅋㅋ

—돌았냐고 얘들아ㅠㅠㅠㅠ

—근데 선우 화 안내는 거 ㄹㅇ 부처인 듯

—천사인가 봐 ㅠㅠ 우리 선우!

—나였으면 닭으로 머리 날렸다 ㅇㅈㅇㅈ

낮에 벌어졌던 일들을 꿈에도 모르는 팬들의 댓글에 유찬은 인상을 찌푸렸다.

'나였으면 닭으로 머리를 날렸다고……?'

유찬은 선우를 향해 천천히 고개를 돌렸다.

물론, 저분은 실제로 실행하셨다.

'꾸에엑…….'

허공을 가르던 닭을 다시금 떠올리며 고개를 젓는 유찬이다.

댓글을 천천히 읽어나가던 피해자 도영은 두 눈을 끔뻑이며 말했다.

"와, 선우 형이 천사래요."

도영의 말에 선우는 즉각적으로 수긍했다.

"전 천사예요. 날개가 없어요."

"…양심도 없으시네요."

흑화 선우라는 새로운 별명이 붙은 걸 생각해 보면 정말 가당 치도 않은 소리다. 도영은 억울한 표정으로 다급히 말을 쏟아부 었다.

"아니, 아까 저희를 그렇게 개 패듯이 패놓고."

그 와중에도 더없이 침착한 선우는 도영의 말을 천천히 반박 했다.

"아니에요, 여러분. 저는 개는 때리지 않아요."

—ㅋㅋㅋㅋㅋㅋㅋ그럼 뭐야

—개만도 못한 멤버들 ㅋㅋㅋㅋㅋㅋ

—ㄹㅇ 흑화 선우다!!!

—선우야 ㅠㅠ 무슨 일이 있었던 거니… ㅋㅋㅋ

도영은 선우의 반박에 기가 찬다는 듯 말을 얹었다.

오늘 낮에 있었던 일을 강조하는 한마디였다.

"닭이 난다는 걸 깨달았어요, 여러분."

"…자, 오늘 방송 종료."

"여러분! 여러분!"

까불거리는 도영을 응징하겠다는 선우의 의도가 다분한 방송 종료 싸인. 도영은 다급히 카메라를 붙들었지만.

뚝.

내일의 스케줄이 있는 터라 급하게 종료된 유이앱이다.

그리고.

"…나 간다."

누구보다 쏜살같이 촬영장을 빠져나가는 도영이다.

상준은 꽁지 빠져라 도망가는 도영의 뒷모습을 바라보며 피식 웃었다. 송준희 매니저 역시 못 말린다는 듯 혀를 찼다.

"어우, 이것들아. 에너지가 흘러넘쳐, 아주."

"도영이는 벌써 가버렸나 봐."

그에 비해 가만히 앉아서 평온한 표정을 유지하고 있는 선우다.

어찌 그리도 태연하냐는 상준의 물음에, 선우는 묵직한 한마디를 던졌다.

"어차피 숙소에서 만나잖아."

"…그런 깊은 뜻이."

이런 쪽으로만 머리가 비상하게 돌아간다.

"도영이 큰일 났네, 큰일 났……."

상준은 깔깔대며 촬영장 문을 열어젖혔다.

그런데.

"…어?"

눈앞에 나타난 예상치 못한 얼굴.

낮에 봤던 우진이 상준의 앞에 서 있었다.

"뭐야, 여긴 어떻게 들어왔어요?"

"허락… 받고 들어왔는데요……."

낮의 무심하던 낯빛과는 달리 긴장한 기색이 역력한 표정이다.

하지만, 놀란 건 상준 역시 마찬가지였다.

"무슨 일로……."

갑작스럽게 자신을 찾아온 이유가 너무도 궁금했으니까.

"아, 그게."

잠시 망설이던 우진은 결심한 듯 휴대전화를 꺼내 들었다.

플레이 리스트에 떠 있는 짧은 제목.

「밤하늘」.

그것을 확인한 상준은 나직이 말을 뱉었다.

"설마."

그 틈을 놓칠세라, 우진은 다급히 휴대전화를 상준에게 건넸다.

"이거 제가 다시 작곡해 본 건데요."

'나의 색깔…….'

상준이 떠나고 난 뒤 한참 동안 고민했던 그것.

그 해답을 최대한 담아내고자 했다.

우진은 침을 삼키며 고개를 들었다.

"한번 들어주세요."

      *   *   *

'…정말 본인의 색깔이 뭔지.'

상준이 처음 그 말을 꺼냈을 때만 해도 우진은 혼란스러웠다.

분명 자신의 색깔을 온전히 담아낸 곡이라 생각했는데, 그렇게 냉정한 평가가 이어졌으니.

"후우."

처음에는 멍하니 앉아 한숨만 내쉬었던 우진이었다.

'너무 획일화된 노래를 하는 건 싫어요.'

상준의 앞에서도 당당하게 그 말을 내뱉었던 그가, 작곡가도 아닌 신인 아이돌에게 그 말을 들었다면 그냥 무시해 버렸을지도 모른다. 하지만, 그게 하필이면 상준이었다.

'저 노래는 뭐지?'

길을 가다가 우연히 듣게 되었던 「밤바다」.

우진이 그간 커버해 온 곡들과는 전혀 다른 스타일이지만 유독 끌렸다. 듣고만 있으면 기분이 좋아지는 노래.

그다음으로 듣게 된 건 「모닝콜」이었다.

'실망시키질 않네.'

대중적이면서도 묘하게 차별화된 기분. 말로 형용할 수는 없지만, 자꾸만 듣고 싶어지는 기분이다. 그때까지만 해도 우진은 전문가들이 상준의 작곡을 도왔다고 믿고 있었다.

'아이돌이 저렇게까지 작곡을 할 리가 없지.'

본인의 판단대로 그렇게 단언해 왔는데.

전혀 아니었다.

'대체 어떻게 저걸 즉석에서……'

상준이 떠나간 뒤에도 자꾸만 그가 편곡한 멜로디에 머릿속을 간질였다. 밤하늘을 올려다보고 있는 듯한 착각이 들 정도로, 우진이 담아내고자 한 장면을 살려낸 멜로디.

'이게 말이 되나.'

그 재능 앞에서 우진은 인정할 수밖에 없었다.

자신이 근거 없는 자신감을 고수하고 있었다는 걸.

"많이 생각해 봤는데……. 이게 제 색깔인 것 같아요."

우진은 진지한 목소리로 입을 열었다.

자신이 처음으로 인정한 사람.

상준이 귀찮다며 곡을 던져 버릴까 봐 못내 긴장한 우진이었다.

"이거요?"

하지만, 상준은 상준대로 놀란 상태였다.

"한번 들어볼게요."

"헉, 정말요?"

고집을 굽히지 않을지도 모른다고 생각했던 우진이 곧바로 편곡을 해 올 줄이야. 상준은 놀란 눈을 끔뻑이며 우진이 건넨 음원을 틀었다.

"……."

상준이 짜주었던 하이라이트 멜로디에 고스란히 색을 입힌 노래다.

풍성하게 악기를 다뤄내는 실력에 놀란 것도 잠시, 상준은 이어지는 후렴구에 두 눈을 크게 떴다.

'뭐야, 이건.'

줄곧 고수하던 난해한 스타일의 전개를 완전히 벗어던지고 새롭게 색을 입힌 모습이다.

청량한 밤하늘을 그대로 연상시키면서도 시은과 잘 어울릴 법한 노래. 상준이 잠시나마 잡아주었던 곡의 방향성을 그대로 이해하고 탈바꿈한 노래에, 상준은 감탄할 수밖에 없었다.

"이걸 오늘 했다고?"

"두 시간 걸렸어요……."

혹시나 또 냉정한 평가를 받진 않을까, 상준의 눈치를 살피는 우진이었다. 아까의 고집스러운 모습은 어디로 가고, 180도로 상준의 조언을 흡수한 그다. 그 자체가 결코 쉽지 않은 일임을 알기에 상준은 놀라울 뿐이었다.

"대박인데?"

"진, 진짜요?"

상준의 한마디에 우진은 감격한 얼굴로 되물었다.

"당장 음원 내도 될 수준인데."

상준은 피식 웃으며 고개를 끄덕였다. 빈말이 아니다.

시은의 뛰어난 가창력도 단연 감탄할 수준이었지만, 이건 압도적인 재능의 힘이었다.

이미 재능을 가지고 있는 상준의 눈에도 그랬으니…….

"실장님께는 들려 드렸어요?"

"아, 네. 일단 만나면 같이 들어오시라고……."

"아, 저도?"

조승현 실장의 눈에도 비슷하게 느껴졌을 터.

'이거다.'

단번에 확신이 들었던 상준은 곧바로 실장실로 향했다.

"실장님 계신가."

끼익.

실장실의 문을 열어젖히자마자 저도 모르게 흥분한 상준은 다급히 조승현 실장을 찾았다.

"실장님, 실장님!"

"어? 깜짝이야. 뭐 그렇게 애타게 불러."

유지연 선생이 처음 상준을 만났을 때처럼 잔뜩 상기된 상준의 얼굴이다. 조승현 실장은 여유로운 미소를 지으며 소파에 앉았다.

'알아봤겠지.'

작곡에 워낙 일가견이 있는 상준이라면 비슷한 반응을 보일 줄 알겠기에, 조승현 실장은 능청스러운 타박을 던지면서도 태연한 모습이었다.

"어때?"

조승현 실장의 묵직한 한마디가 상준에게 던져졌다.

"어떠냐고요?"

상준은 놀란 눈으로 되물었다.

상준의 시선이 순간 우진에게 닿았다. 조승현 실장 앞에까지 서 있으니 한층 더 긴장한 모습.

하지만, 그 질문에 대한 대답이야 확신할 수 있었다.

상준은 피식 웃으며 우진을 돌아보았다.

"…좋더라고요."

      *   *   *

툭.

상준의 한마디에 조승현 실장은 서랍에서 웬 서류 뭉치를 꺼내놓았다.

"일단 앉아봐."

우진을 향한 한마디.

우진은 두 눈을 굴리며 다급히 눈앞의 서류를 확인했다.

가만히 서 있던 상준은 단번에 그 서류의 정체를 알아챘다.

'소속 프로듀서 계약서라.'

블랙빈과 탑보이즈의 데뷔로 차기 보이 그룹은 사실상 한동안 데뷔가 힘들다. 더욱이 우진의 스타일은 시은과는 전혀 다른 방향이었다.

'내가 원하는 노래.'

수없이 그걸 외쳐대던 우진을 위한 절호의 기회.

조승현 실장은 턱을 괸 채 천천히 입을 뗐다.

"터치는 우리 측에서 하나도 하지 않을 거야."

"계, 계약서인가요?"

"그래."

연습생 계약이 아닌 정식 프로듀서 계약이라니.

사실 오전에 오디션을 보면서도 조승현 실장의 시선은 우진을 향해 있었다.

냉정한 비판을 던졌던 것도 같은 이유였다.

가능성.

짧은 순간에 그걸 포착했던 조승현 실장이다.

'재능은 있어. 고집만 버리면 되는데……'

프로듀서로 키우면서 그 고집을 버리게 해야 하나, 아니면 그냥 놔줘야 하는 패인가 줄곧 고민하고 있었던 그였기에, 우진이 새로운 곡을 들고 온 순간 확신할 수밖에 없었다.

'잡아야 한다.'

검증되지 않은 친구를 곧바로 소속 프로듀서로 계약하는 게 흔한 일은 아니다. 조승현 실장의 확신하에 이뤄진 결정이었지만 우진의 입장에서는 믿기지 않는 일이었다.

계약서를 훑어 내리던 우진은 거듭 말을 뱉어냈다.

"진… 진짜, 이거, 진짜인가요?"

상준은 어깨를 으쓱이며 능청스레 받아쳤다.

"제가 계약해 봤는데, 아직 어디 팔려 가진 않은 거 같아요."

"……."

"신장도 양쪽 다 있… 아악!"

괜히 옆에서 말을 얹은 상준은 조승현 실장의 손아귀에 손목이 잡히고 말았다.

"아, 실장님, 이거 놔주… 아악."

조승현 실장은 상준을 잡아둔 채 말을 이었다.

우진을 향한 시선은 그 어느 때보다 진지했다.

"쓰고 싶은 곡을 써봐."

"……."

우진이 더할 나위 없이 바랐던 조건.

짧은 시간이었지만 조승현 실장은 우진의 스타일을 알아챘다.

괜히 억압해서는 좋은 곡이 나오지 않으리라는 걸.

아직 어리기에 제약 없이 경험을 쌓아간다면 분명 성장할 친구라는 걸 알았다.

"생각해 봐."

"할래요."

"아?"

조승현 실장의 한마디가 끝나자마자 우진은 즉각적으로 말을 뱉었다. 우진의 시선이 잠시 상준에게 고정되었다.

'네 색깔이 뭐야?'

마치 자신에게 묻는 듯한 상준의 눈빛이 자꾸만 떠올랐다.

아직 갈피만 간신히 잡은 상태지만.

'배우고 싶다.'

가장 가까이서 배울 수 있다면, 그 해답을 찾지 않을까.

고민을 마친 우진은 결심한 듯 볼펜을 쥐었다.

그 순간.

"안녕하십니까, 선배님! 잘 부탁드립니다!"

싸인을 하고 있던 우진 위로 울려 퍼지는 낯설지 않은 목소리.

상준은 우진을 따라 놀란 눈으로 고개를 돌렸다.

"어……?"

고깃집 친구들과 시은까지.

우진은 시은을 발견하고선 피식 웃음을 흘렸다.

오늘의 오디션을 마무리하고 정식 연습생으로 선발된 친구들.

"앞으로 잘 부탁드립니다!"

상준은 얼떨떨한 표정으로 미소를 지으며 고개를 끄덕였다.

"환영해요."

JS 엔터의 식구들이 부쩍 늘어난 하루였다.

*   *   *

"자, 다음 씬! 준비해 주세요!"

분주한 사람들이 오고 가는 촬영장.

능숙하게 대본을 체크한 상준이 웃으며 대기석으로 향했다.

벌써 어느덧 마지막 촬영까지 달려온 「흥부외과—기억의 시간」.

마지막 촬영임이 믿기진 않았지만 오늘도 순조롭게 촬영이 이어지고 있었다.

"하."

주연이기에 쉬는 씬이 별로 없지만, 매사에 최선을 다하기에 나름 만족스러운 연기다.

"괜찮게 나온 거 같은데."

자신의 연기를 모니터링하고 있는 상준에게 은수가 툭 말을 던졌다.

"오늘 까메오도 온다던데."

"까메오?"

아.

오늘 촬영장에 오는 도중에 얼핏 비슷한 말을 송준희 매니저에게서 듣긴 했다.

"어, 그렇다더라. 그… 아이돌 출신이랬나."

"아, 그래?"

"누군지는 들었는데……."

기억이 나진 않는다는 눈빛이다.

은수는 머리를 긁적이며 말을 뱉었다.

"유명한 친구는 아니었어."

"아."

까메오가 중요한 게 아니라, 다음 씬이 더 중요했다.

상준은 고개를 돌린 채 열정이 흘러넘치는 눈길로 대본을 확인했다.

"아, 이거네."

유독 어렵게 느껴졌던 감정선을 고스란히 담아내야 하는 파트다.

호진이 동생으로 인한 트라우마를 벗어던지고 다가오는 여자 주인공에게 마음을 완전히 여는 장면.

원래는 지난주 촬영분이었지만, 사정상 앞의 장면을 뒤로 끌어오게 되었다.

시간상으로 앞에 해당하는 장면인 만큼, 감정선을 체크하는 것이 가장 버거웠다.

"어, 상준 씨."

108배 사건 이후로 한층 더 친해진 경민지가 웃으며 다가왔다.

"오늘 회식 올 거죠?"

"저는 갑니다!"

해맑게 끼어드는 은수. 상준은 피식 웃으며 고개를 끄덕였다.

"옆에서 고기 구우시면 108배 하겠습니다."

"형, 진짜 해라."

"저리 가, 넌."

재능이 있다면 조금 더 수월할지 모르지만, 굳이 또 한 번 열정을 쏟아붓고 싶지는 않다. 상준은 억울한 표정으로 말을 뱉었다.

"나 연습해야 돼. 내일도."

"휴식기에 왜 그렇게 빡세대."

은수의 말에 상준은 격하게 고개를 끄덕이며 공감했다.

분명 휴식기인데 드라마 촬영부터 연습까지.

이보다 빡셀 수가 없으니…….

"나 대신 실장님한테 뭐라고 해줘."

"에이, 어림도 없지."

망할.

상준은 나직이 한탄을 내뱉으면서도 피식 웃음을 흘렸다.

AGA 뮤직 어워드에서 신인상을 받은 이후로 무려 신인상 3관왕을 차지한 탑보이즈다.

나날이 날아오르는 기분이 결코 나쁠 리가 없었다.

은수는 상준의 생각을 읽은 듯 말을 덧붙였다.

"그래도 그게 낫지."

"그렇지."

"공백기엔 되게 힘들다, 그거."

무대에 서고 싶어서 안달이 난다고.

무대에 서 있기에 살아 있음을 느끼는 직업이다.

은수의 뼈 있는 말에 상준은 공감했다.

"그래도 촬영은 빨리 끝났으면 좋겠다."

"아, 그건 인정."

PD의 워낙 꼼꼼한 성격 탓에 같은 씬도 여러 번 들어가는 편이다.

상준은 다음 씬이 원테이크로 끝나길 바라며 물 한 모금을 삼켰다.

"네, 다음 씬 들어가겠습니다!"

"들어갈까요?"

상준은 경민지에게 말을 던지며 중앙으로 다시 향했다.

"촬영 시작합니다!"

오늘도 그 한마디에 어김없이 눈빛이 바뀌는 상준.

카메라 앞에만 서면 진짜 의사가 된다.

"메스."

자신의 사무실에서 수술을 복기하며 혼자 중얼대는 상준.

그 와중에 동생의 죽음을 다시 기억해 내고 고통스러워한다.

그 상태에서 다급히 달려온 경민지가 불안해하는 그를 위로하는 장면.

"메… 스."

홀로 앉은 상준이 손이 빠르게 떨리기 시작했다.

불안함을 표출해 내는 완벽한 표정.

절로 몰입되는 상황에, 카메라 감독은 정신없이 카메라에 상준을 담아내었다.

「연기 천재의 명연」.

상준은 작품 속 호진에 완전히 빨려 들어갔다.

그가 거침없이 다음 대사를 뱉어내려던 순간.

"……."

상준의 시선이 탁자 위가 아닌 허공을 향했다.

불안하다기보다는 놀란 듯한 두 눈.

카메라 감독은 상준을 따라 당황한 표정으로 고개를 들었다.

'저것도 연기인가.'

복잡미묘한 표정에 혼란스러워하는 스태프들이었지만.

이건 연기가 아니었다.

'까메오……?'

촬영장 구석에 서 있는 익숙한 얼굴을 발견한 순간.

툭.

상준은 저도 모르게 메스를 떨구고 말았으니까.

* * *

"아니, 여긴 웬일이야?"

"까메오 자리 하나 났다고, 한번 해보라고 해서요."

상준은 물 한 병을 건네며 고개를 끄덕였다.

오랜만에 보는 반가운 얼굴, 하운이 상준의 앞에 서 있었다.

상준은 미소를 지으며 하운에게 말을 건넸다.

"어떻게 지냈냐."

마이픽 사건 이후로 배우로 전향하게 된 하운.

아이돌로 데뷔해서 신인상까지 거머쥔 탑보이즈와는 달리, 하운은 그 뒤로 소식이 별로 없었다. 줄곧 연락은 주고받던 사이었지만, 별다른 활동이 없는 하운이 걱정될 수밖에 없었다.

하운은 쓸쓸한 미소를 지으며 말했다.

"뭐, 오디션 여러 군데 보고. 떨어지고 그랬죠."

"오디션?"

"단역 위주로 좀 봤는데……. 영 결과가. 사실 이것도 말만 까메오지, 운이 좋았죠."

어쩌다 빈자리가 나는 바람에, 간신히 들어온 까메오.

이것도 그저 대중에게 잠시나마 눈도장이라도 찍기 위한 목적이었다. 그냥 드라마도 아닌, 최고의 화제작이다 보니 그런 효과를 기대할 수밖에 없었고.

하운은 솔직하게 말을 이었다.

"까메오는 원래 유명한 분들 특별 출연 하시는 건데, 저는 사실상 엑스트라죠. 한 컷… 나오는데."

애써 담담하게 말을 하긴 하지만, 꽤 힘들어 보이는 낯빛이다.

마이픽 때 자신감 없던 모습에서 한층 더해진 느낌까지 들 정도로.

상준은 안타까운 심정에 말을 돌렸다.

"한 컷 아니던데. 이게 네 파트지?"

"아. 반항하는 환자. 그거 맞아요."

카메오치고는 제법 대사가 많은 편.

상준의 말에 하운은 고개를 끄덕이며 대본을 확인했다.

잠깐이나마 확실한 인상을 남기고 가고 싶은 생각에, 대본은 이미 완벽히 숙지해 둔 하운이었다.

하운이 소속된 중소 엔터에는, 그리고 하운 같은 신인에게는 사소한 기회마저 축복이나 다름없었으니까.

"…잘하네."

"감정 좀 살았나요?"

"완벽한데?"

상준은 모처럼 만에 하운과 연기를 맞춰보며 피식 웃었다.

연습한 티가 나는 실력. 비록 연기에 타고난 소질이 있다고 말할 수는 없었지만, 적어도 밀릴 정도는 아니었다.

"촬영 들어가겠습니다!"

하지만, 문제는 하운의 상태. 스태프의 목소리가 들리자마자 멀쩡하던 하운의 얼굴이 창백해졌다.

"하."

기회 하나하나가 축복이라는 게, 다른 의미로는 너무도 무서운 말이었다. 이 기회를 놓치게 되면 다음 기회를 얻기까지 얼마나 많은 시간이 걸릴지 모르기에.

'이 바닥 좁은 거 알지? 너, 사실상 단역인데 절대 실수하면 안 된다.'

걱정스럽게 덧붙인 소속사 직원의 말이 오히려 족쇄로 돌아왔다.

하운은 거친 숨을 몰아쉬며 상준과 나란히 섰다.

"자, 시작할게요."

슬레이트 소리가 들리자마자 감정을 잡는 상준.

트라우마로 수술을 거부하는 환자에게 성장한 호진이 자신의 얘기를 들려주는 장면이다. 비록 큰 비중을 차지하는 씬은 아니지만, 그 대사가 결코 짧은 편은 아니었다.

이 장면의 시작을 여는 건 하운의 몫이었고.

짜증 내는 투로 거세게 반발해야 하는 첫 번째 대사.

'아, 안 받는다고! 절대 안 받는다니까?'

하운은 머릿속에 있던 대사를 조심스레 입 밖에 꺼내었다.

무작정 떼를 쓰고 보는 감정을 그대로 표출해 내기만 하면 되는데.

"아, 안 받……."

"컷. 다시."

어딘가 위축되어 보이는 하운의 대사에 곧바로 NG가 떨어졌다.

가뜩이나 긴장하고 있던 하운의 얼굴은 더욱 새하얗게 질려갔다.

"아, 안 받는다고! 절대 안 받는다니까?"

두 번째로 친 대사도 마찬가지. 그렇게 두어 번 더 하운의 실수가 반복되자, 스태프들 사이에서 누군가 혀를 차기 시작했다.

"급해도 신인은 쓰지 말자니까."

"신인이 뭐야, 제대로 연기도 해본 적 없는 거 같은데."

「드라마 인 드라마」 뒤로 몇 번의 단역 외에는 연기 경험이 부족한 게 맞았다. 그래도 그동안은 이런 실수까진 없었는데.

'진짜 마지막일지도 모르니까 똑바로 하고 와.'

지난 연기 이후로 좀처럼 들어오지 않았던 스케줄.

냉정한 현실이 지나치게 하운을 짓눌렀기 때문일까, 하운은 거듭 죄송하다고 말하면서도 여전히 불안해 보였다.

'힘들 거 같은데.'

이대로 계속 NG만 이어가 봐야 촬영장 분위기만 험악해진다.

멀리서 상준과 하운을 지켜보고 있던 다른 주연배우들도 걱정스러운 눈길이었다.

"잠시 쉬었다 갈게요."

이렇게 된 이상 급하게라도 수를 쓸 수밖에 없다.

연기를 알려주겠다는 명목으로 상준은 급하게 하운을 불러 세웠다.

"여기 이 파트에선 차라리 한 템 쉬고 들어가는 게 나아. 네가 연기하고 있다고 생각하지 말고 그 사람이 됐다고 생각해 버려."

"후우, 네."

"그리고. 첫 대사 치고 망설이지 말고 소리를 질러 버려. 제발 망설이지 말고."

사실 하운에게 건네는 조언은 피상적인 게 대부분이었다.

다른 사람들에겐 들리지 않을 정도로 작은 목소리.

"열심히 알려주네."

"딱 봐도 안 될 거 같은데."

"상준이만 고생이네."

스태프들 몇 명이 중얼거렸지만, 다행히도 하운은 못 들은 눈치였다. 사소한 멘트 하나도 흡수하겠다는 듯 열심히 고개를 끄덕이고 있을 뿐이었다.

"자, 이리 오세요."

그렇게 몇 분이 지났을까. 촬영이 재개되었다.

스태프 중 한 명이 카랑카랑한 목소리로 외쳤다.

"다시 시작할게요. 까메오분 정신 똑바로 잡으시고."

험한 말만 나오지 않았을 뿐 살벌한 분위기에 하운은 한층 더 위축되었다.

그 순간.

"앞에 봐."

상준이 차분한 목소리로 하운의 뒤에서 속삭였다.

「신이 내린 목소리」의 효과 때문인지 조금 가라앉은 긴장.

하운이 고개를 끄덕이는 사이, 상준은 공중에서 황금색의 책을 꺼내었다.

'이렇게 빨리 쓰일 줄은 몰랐는데.'

사실 이 책을 위해 하운에게 피상적인 조언을 건넨 것이었다.

얼마 전 재능 서고에 들렀을 때 조합해 둔 책.

「연기 천재의 명연」과 「위대한 교육자」를 조합하여 만들어놓은 새로운 재능이었다. 혹여 멤버들이 연기로 어려움을 겪는 일이 있을까 봐 만들어둔 재능이긴 한데.

'이렇게 쓰이네.'

상준은 하운의 머리를 한 번 쓰다듬는 척하며 그 위에 살포시 책을 얹어주었다.

금빛 가루를 내며 허공에서 사라져 버린 책.

이제, 연기만 보여주면 된다.

상준은 확신에 찬 목소리로 말을 뱉었다.

"시작해."

이유는 모르겠지만 마음이 평온해진 기분이다. 하운은 상준의 말에 떨떠름한 표정으로 고개를 끄덕였다.

"시작합니다."

아까는 덜덜 떨리기만 했던 스태프의 말도 왠지 멀리서 들려오는 것만 같다. 허공에 홀로 남겨진 듯한 느낌.

아니다.

'도망가고 싶어. 도망가게 해줘.'

누군가 있다.

하운은 천천히 고개를 돌려 남자를 돌아보았다.

이름도 모를 캐릭터. 까메오로 잠시 스쳐 지나가기만 하는 배역.

얼굴도 행동도 제대로 보이지는 않지만……

'뭐지?'

찰나의 환각을 본 듯한 기분과 함께 하운은 온전히 남자에게 동화되었다. 호진 못지않게 트라우마에 쫓기는 남자.

'절대 못 믿어.'

드라마의 극후반부에 등장하는 만큼, 남자는 꽤나 중요한 역할이었다. 호진과 비슷한 트라우마를 가졌고 병원에서 가족을 잃었다. 그랬기에 불신을 가지고 수술에 반대하는 환자가 되어버렸다.

"아, 안 받는다고! 절대 안 받는다니까?"

"......"

하운의 입에서 저도 모르게 짜증 섞인 한마디가 튀어나왔다.

'뭐지?'

스스로도 놀라울 정도의 변화.

더욱 놀란 건 촬영을 진행하던 스태프들이었다.

"무슨 일이야?"

"갑, 갑자기 연기를 너무 잘하는데요."

이어지는 대사도 막힘없이 치는 하운. 이름 모를 그 배역 그 자체가 되어버린 심정으로, 하운은 마지막 간절함을 토해냈다.

'잘해야 돼. 잘해야 돼.'

갑자기 극에 몰입해 버린 건 신기한 노릇이었지만, 그간의 노력과 순간의 행운. 마지막으로 간절함까지 더해진 덕에 하운의 연기는 완벽하게 이어졌다.

"제 말 들으세요. 지금 들어가셔야 합니다."

"내가 너네를 어떻게 믿냐고!"

"…믿지 마세요."

상준 역시 능숙한 연기로 난리 치는 하운을 제압했다.

호진이 과거의 자신에게 수도 없이 하고 싶어 했던 말이자, 눈앞의 환자에게도 해당하는 한마디.

"믿지 마세요. 대신, 하나만 기억해 두세요."

하운은 인상을 찌푸리며 상준을 올려다보았다.

지금 이 순간만은 완전히 극에 몰입해 버린 둘.

둘의 표정연기를 실시간으로 잡아내던 카메라 감독은 탄성을 터뜨렸다.

상준은 천천히 입을 뗐다.

"벗어나세요."

과거의 기억에서.

"두려워하지도 말고, 미리 겁내지도 말고. 안 된다고 단언하지 말고."

"……."

"그렇게 벗어나세요."

마치 자신에게 직접 말하는 듯한 상준의 한마디.

하운은 멍한 얼굴로 힘없이 고개를 떨구었다.

그 순간, 우렁차게 울려 퍼지는 한마디.

"컷, 오케이!"

"와아아아악!"

「흉부외과─기억의 시간」의 마지막 씬.

그 씬이 끝나자마자 사방에서 함성이 터져 나왔다.

'원래 이런 장면은 아니었는데.'

대본대로라면 미소를 지어 보였어야 할 하운이다.

하지만.

'이게 더 좋은데?'

너무도 자연스럽게 흘러가는 감정선.

PD는 흡족한 미소를 지어 보였다.

"처음에는 벌벌대더니 대단하네."

"그렇죠? 신인이 갑자기 잘하네. 긴장해서 그랬나."

"저 친구, 신인배우랬나?"

스태프들의 이어지는 칭찬과는 달리, 연기가 끝나자마자 넋이 나간 하운이다.

"와, 뭐지."

순간이지만 느껴졌던 이질적인 감각. 마치 배역에 온전히 끌려 들어갔다 온 기분이다. 그 와중에도 빛을 발했던 상준의 연기력까지.

"저 오늘 좀 대박이었던 것 같아요."

"그래?"

"와, 진짜 뭐지. 너무 짜릿한데."

연기가 완벽했을 때 온몸을 감싸고 도는 전율. 상준 역시 그 감정을 아주 잘 알고 있었다. 상준은 미소를 지으며 신이 난 하운의 어깨를 토닥였다.

지난번 아린을 위한 스포트라이트 재능처럼 이 역시 일주일의 시간이 주어진다. 하지만, 배역에 완전히 몰입하는 경험을 한 배우들은 그렇지 않은 배우와 성장이 다르다.

'본인의 역량을 끌어올릴 뿐이랬으니까.'

책의 설명대로라면 아예 없는 능력을 만들어낸 것도 아니다. 하운의 내면에 자리하고 있었던 공감 능력을 최대치로 끌어올렸을 뿐. 이 경험을 확실히 기억해 낸다면 재능이 사라진 후에도 하운이 제대로 해내리라 믿는 상준이었다.

하운은 누구보다 열심히 노력하는 친구였기 때문이다.

"자신감만 가지면 한다니까."

"와, 형 말이 다 맞네요."

아직 여운이 가시지 않는지 하운답지 않게 신이 난 얼굴로 조잘댄다.

그런 둘을 물끄러미 바라보고 있던 PD가 하운에게 다가왔다.

"마지막 촬영도 끝났는데 회식 올 거예요?"

"저요……?"

상준이야 주연배우니 당연히 가겠지만 자신은 까메오일 뿐이다.

하운은 당황한 표정으로 자신을 가리켰다.

PD는 망설임 없이 고개를 끄덕였다.

'연기 괜찮던데.'

한번 지켜보고 싶은 뉴 페이스다. PD는 미소를 지으며 하운에게 말을 던졌다.

"회식 따라올래요?"

*   *   *

"다들 고생하셨습니다!"

"와아아아!"

"흉부외과! 대박 나자!"

"이미 대박은 났잖습니까."

"허허, 그러게요."

여느 때보다 뜨겁게 달아오른 회식 자리다.

최종 시청률 23프로로, 케이블치고 뛰어난 성과를 거둔 「흉부외과」다. 배우들은 서로 눈만 마주쳐도 기분이 좋아서인지 실실 웃어댔다.

"상준 씨, 고기 좀 먹어봐요."

"아, 감사합니다."

경민지가 건네주는 삼겹살 한 점을 신이 나서 흡입하는 상준이다.

술 한 잔을 들이켠 황민철은 너털웃음을 터뜨리며 상준을 향해 말을 뱉었다.

"아니, 연기 아주 잘하더만. 마지막 날까지."

"감사합니다."

"다음 작품도 같이했으면 좋겠어."

연기만 했다 하면 NG 없이 다음 씬으로 넘어가니, 바쁜 스케줄의 와중에도 성실을 인정받은 상준이었다. 다른 배우들도 동의한다는 듯이 고개를 끄덕였다.

그때였다.

"이야, 여기 영화감독님!"

"허억. 아니, 감독님이 여기는 무슨 일로."

흉부외과 드라마 PD와 인연이 있는 영화감독이라는 말에 무심코 고개를 돌린 상준은 그대로 얼어붙었다.

"어……?"

줄곧 상준의 옆에서 다른 배우들의 눈치를 살피던 하운도 마찬가지였다. 웬만한 감독이라면 갓 연예계에 들어온 두 신인이 알 턱이 없었지만.

'스타 감독……!'

한국 영화계의 큰 한 획을 긋고 있는 스타 감독 곽성수.

상준과 하운은 동시에 놀란 눈으로 벌떡 일어섰다.

"헉, 안녕하세요."

"안녕하십니까!"

"아니, 애네는 왜 이래."

털털한 성격으로 소문난 대로 곽성수는 머쓱한 미소를 지으며 손사래를 쳤다. 자신을 올려다보는 두 명의 반짝이는 눈빛.

'우와, 연예인이다.'

마치 그렇게 말하고 있는 듯한 눈빛이다.

'이거, 입장이 좀 바뀐 거 같은데.'

곽성수는 머리를 긁적이며 입을 열었다. 사실 드라마 팀의 회식 자리에 느닷없이 참여한 데엔 이유가 있었다.

"사실 내가 아까 우리 피디님 만나려고 잠깐 촬영장에 들렀었거든."

"아니, 그랬으면 얼굴이라도 비치고 가시지."

황민철은 혀를 차며 말을 얹었다.

곽성수는 별일 아니라는 듯 웃어대며 주변을 살폈다.

우연히 보게 된 마지막 씬.

'두려워하지도 말고, 미리 겁내지도 말고. 안 된다고 단언하지 말고.'

'그렇게 벗어나세요.'

곽성수를 고개를 돌리며 말을 뱉었다.

"마지막 씬 펼치던 친구가 누구였지?"

"아, 여기 김하운이라는 친구가 오늘 까메오로 나왔거든요."

PD는 하운을 손으로 가리키며 말을 던졌다.

상준이야 매주 연기 실력을 봐왔으니 더 놀랄 것도 없었지만 하운의 연기력은 뜻밖이었기 때문이었다.

"오늘 처음 해보는데 잘하던데요."

"아."

PD의 말을 들으며 건성으로 고개를 끄덕이는 곽성수 감독.

'저기 있네.'

그의 시선은 줄곧 상준에게 고정되어 있었다. 긴장해서 헤매는 하운에게 자투리 시간에도 열심히 무언가를 알려주던 친구.

가까이서 보니 맞다.

자신이 찾던 그 얼굴이.

"혹시……."

눈빛은 상준을 향한 채, 곽성수 감독은 조심스레 하운에게 입을 열었다.

"연기, 이 친구가 알려준 건가?"

*   *   *

곽성수 감독의 갑작스러운 질문에 격하게 고개를 끄덕였던 하운이다.

'네, 맞아요. 연기 스승님이죠.'

'무슨…….'

'선배가 연기력이 장난 아니거든요.'

하운의 능청스러운 말에 더더욱 이상한 오해가 생겨 버렸다.

별다른 연기 스킬 없이 하운에게 재능을 선물해 주었을 뿐인 상준이지만, 곽성수 감독의 눈엔 전혀 다르게 보였을 터였다.

멀리서 지켜봤을땐 상준의 코치로 하운의 연기가 완전히 뒤집힌 것처럼 보였을테니.

그래서일까.

당분간 연기 생각이 없음에도, 곽성수 감독은 집요하게 상준에게 캐물었다. 언젠간 영화판에서 한 번쯤은 만나게 될지도 모르지만……

띠링—.

"헉."

[저 오디션 붙었어요.]

상준은 문자메시지를 확인하고선 벌떡 일어났다.

하운에게서 온 문자메시지.

그날 회식 자리에서 제안받은 덕에, 곽성수 감독의 새 영화 단역 출연 오디션을 보러 갔던 하운이었다.

그 결과가 좋게 나왔는지 잔뜩 신이 났다.

'지금쯤이면 재능도 끝났을 텐데.'

상준의 예상대로 그사이에 연기력이 펙 는 모양이었다.

사소한 경험조차 하운에겐 큰 도움이 되었을 테니, 하운이라면 단역 역할도 충분히 잘해낼 터였다.

"잘됐네."

[영화 제목이 뭐라고?]

상준은 미소를 지으며 빠르게 메시지를 보냈다.

띠링ㅡ.

그 답이 온 순간.

"어, 상준아."

조승현 실장이 문을 열고선 상준에게 손짓했다.

"잠깐 들어와 봐."

"네, 갈게요."

상준은 휴대전화를 주머니 깊숙이 밀어 넣고선 실장실로 들어섰다.

"어, 여기 있었네."

소파에 앉아 두 눈을 반짝이고 있는 선우.

상준은 선우에게 손을 흔들며 옆에 따라 앉았다.

오늘 조승현 실장이 특별히 둘을 부른 이유를 알고 있었다.

"선우 너, 연기해 보고 싶다고 했지."

「드라마 인 드라마」부터 「흥부외과ㅡ기억의 시간」까지.

반년 동안 나름의 연기 실력을 쌓아온 상준과 달리, 선우는 웹드라마 외엔 출연 경력이 아직 없었다.

배우 상에 선해 보이는 비주얼이다 보니, 선우를 연기 쪽으로 줄곧 밀어주려던 JS 엔터. 하지만, 지금의 선우라면 영화 단역으로 출연하면서 조금씩 연기 경력을 쌓아보는 것도 좋았다.

"한 두어 개 정도 들어왔는데, 하나는 조금 비중이 있고 이건 완전 단역이긴 해."

"빨리 펼쳐봐 봐."

가만히 앉아 있던 상준이 선우를 재촉했다.

그의 앞에 놓여 있는 두 개의 시나리오.

조승현 실장은 턱을 쓸어내리며 말을 이었다.

"하나는 신인 감독이 하는 로맨스 코미디야. 네가 맡은 파트는 조연이긴 한데, 비중이 나쁘진 않을 거야."

"와, 로맨스 코미디면 선우죠."

상준은 손뼉을 치며 선우를 돌아보았다.

선우는 뿌듯한 표정으로 고개를 끄덕였다.

"내가 좀 로맨틱한 비주얼이긴 하……."

"앤 장르가 코미디라서… 아악!"

또다시 흑화 한 선우가 상준의 어깨를 지그시 눌렀다.

상준은 악 소리를 내지르며 다급히 조승현 실장을 불렀다.

"나머지 하나는 뭐라고요? 어윽."

간신히 선우의 손아귀에서 벗어난 상준의 물음에, 조승현 실장은 피식 웃으며 말했다.

"스릴러인데."

"와, 선우가 좀 스릴 있게 생……. 아니야, 너 멋있다고."

상준은 급하게 말을 돌리며 조승현 실장을 돌아보았다.

첫 번째 영화가 조연이었다면, 이건 그것보다는 비중이 적은 단역이었다. 하지만.

"곽성수 감독님이 하시는 거고, 출연진도 괜찮아서."

"곽성수 감독님이요?"

익숙한 이름을 듣는 순간, 상준과 선우는 동시에 놀란 눈으로 되물었다. 네임드 감독이니만큼 출연진도 화려했다.

상준은 다소 다른 이유로 놀라고 있었고.

'하운이도 나오겠네.'

조금 더 비중 있는 조연이냐, 유명한 감독의 작품이냐.

"어떻게 할래?"

조승현 실장의 물음에 잠시 고민하는 둘.

상준은 선우의 손에 들린 시나리오를 확인했다.

조승현 실장의 눈이 상준을 향했다.

"한번 봐봐."

이 자리에 상준을 괜히 데리고 온 건 아니었다.

그동안 시나리오를 쥐어줄 때마다 두 눈을 반짝이며 프로그램을 골랐던 상준이다. 운인지 실력인지 결과는 항상 좋았고.

「드라마 인 드라마」도 「흉부외과─기억의 시간」도 시청률의 역사를 새로 쓰며 나름 명작으로 자리 잡은 상황. 조승현 실장은 상준의 감을 한번 믿어보고 싶어졌다.

"와."

상준이 먼저 집어 든 건 곽성수 감독의 스릴러 작품, 「31일」이었다.

31일간의 기억이 없는 주인공이 연쇄살인사건의 범인으로 몰리게 되고, 그의 무죄를 증명하기 위해 노력하는 한 편의 추리 스릴러.

"탄탄하네."

스토리 라인도 완벽하고 복선도 촘촘하다.

상준은 거듭 탄성을 내뱉으며 빠르게 시나리오를 넘겼다.

조승현 실장은 고개를 끄덕이며 동감했다.

"확실히 재밌긴 하지?"

"이건 될 작 같은데요?"

해당 장르에는 일가견이 없는 상준이었지만 직감적으로 알아챌 수 있었다. 계속되는 스케줄로 잠시 휴식기만 아니었다면 이 작품에 참여하고 싶을 정도로 몰입도 있는 작품.

상준은 시나리오를 덮으며 단호하게 말했다.

"난 이거."

"근데 내 역할이……."

기껏해야 몇 씬도 채 나오지 않을 법한 단역이다.

주인공인 유승은 톱배우 이진명이, 상대역인 하영은 은솔이. 이미 주연급은 배우진이 정해진 상황이었다.

하지만.

"이 역할 남아 있네. 한지우."

유승을 도와 그의 무죄를 밝혀주려 하는 천재적인 인물.

주조연급의 역할이었지만, 조승현 실장의 반응은 떨떠름했다.

선우보다 연기 경력이 많은 하운도 단역을 받아낸 상황이었다. 그것에도 감사해야 하는 게 현실이고.

그렇기에 조승현 실장은 현실적이었다.

"신인에게 맡길 리가 없지. 거의 주연급 인물이야, 그 친구는."

원래 선우에게 제의가 들어온 건 지우의 친구.

말 그대로 단역에 불과한 배역이었다.

하지만, 상준의 생각은 달랐다.

"그건 모르죠."

상준은 '한지우' 이름 석 자를 손가락으로 가리키며 씨익 웃어 보였다.

"해봐야 아는 거니까."

＊　　　　＊　　　　＊

"아, 형, 이런 옷은 구리다니까."

"스타일리스트분이 추천해 주신 건데?"

"음. 전문가를 백 프로 믿지 말자. 야, 유찬아. 옷 좀 괜찮은 거 있어?"

선우의 오디션 당일.

도영은 호들갑을 떨며 옷장에서 캐주얼한 복장들을 꺼내 왔다.

"이거네."

"스릴 넘치게 생겼다."

"……."

그 와중에 웬 꽃무늬 남방을 꺼내 온 도영이다.

'한지우'의 친구 배역, 즉 원래 맡고자 했던 단역 배역으로 진행되는 오디션. 그 배역과 제법 잘 어울릴 법한 옷이라는 게 도영의 의견이었다.

"아니, 이걸 왜 입고 가."

선우는 격하게 손사래를 치며 반대했다. 멀쩡한 옷을 입고 가도 모자를 지경인데 피서지에서나 볼 법한 꽃무늬 남방이라니.

도영은 뻔뻔하게 남방을 선우에게 가져다 대었다.

"괜찮아. 괜찮아. 패션의 완성은 얼굴이래."

능청스럽게 말을 덧붙이며 선우를 살피는 도영.

그런 그의 입에서 해맑은 한마디가 튀어나왔다.

"아, 실패했네."

"얼굴 때문에?"

"패션은 완벽했는데. 쓰읍."

"…야, 곧 닭 날아가는 소리 들린다."

흑화 선우의 자아를 다시금 깨우지 말라는 유찬의 진지한 조언이 이어졌다. 정작 선우는 긴장한 탓에 화를 낼 기운도 없어 보였지만.

비록 단역 오디션이라 해도 선우에겐 여전히 큰 부담이었다.

"곽성수 감독님이라니."

"그분이 직접 보신대? 단역 오디션까지?"

"그렇다던데. 하아."

워낙 성격이 꼼꼼하기로 유명한 사람이다 보니 오늘 오디션에도 어김없이 자리할 모양이었다. 다급히 숨을 몰아쉬는 선우에게 아역배우 경험이 있는 제현이 입을 열었다.

"형, 그때 웹드라마도 했었잖아."

"그, 그렇지?"

"연습 충분히 했으니까 긴장하지 말고."

제현답지 않은 진지한 조언.

제현은 막대 사탕을 건네며 선우에게 말했다.

"잘하니까 잘하고 와."

"맞네, 맞네."

탑보이즈 멤버들 중에선 첫 영화 도전이다.

다들 제 일이라도 된 양 함께 설레서 난리를 치고 있는 멤버들이었다. 상준은 대본 파트를 다시 한번 확인하며 선우에게 물었다.

"네 파트가 이거야? 의미심장하게 범인인 척하는 파트?"

"가짜 범인이네, 그러면."

"으음."

선우의 연기력이야 기본은 되니 걱정할 건 없었다.

게다가 하운에게 썼던 그 재능이 선우의 머리 위에서 반짝이고 있었으니.

다만.

'이미지가 너무 안 맞는데.'

늘 해맑게 생글거리는 모습만 봐서인지, 무게를 잡고 있는 배역은 영 감이 잡히질 않는다.

상준은 어깨를 으쓱이며 말을 뱉었다.

"뭐, 잘하겠지."

"하, 제발 붙었으면 좋겠다."

발을 동동거리며 두 손을 간절히 모은 선우.

하지만, 상준은 전혀 긴장하질 않았다.

보나 마나 잘할 것이 뻔하니까.

'일주일 동안 연습했어.'

고작 단역 하나라고 느껴질지 모르겠지만, 그 페이지에 있는 다른 캐릭터까지 모조리 상준과 함께 분석한 선우다.

그러니.

"자, 출발하자."

이제 오디션을 보러 갈 시간이었다.

* * *

"이름이?"

곽성수 감독의 냉정한 목소리가 오디션장으로 울려 퍼졌다.

선우가 도전하는 역은 한지우의 친구 강현 역.

이름도 거의 등장하지 않는 단역에 불과하지만, 결코 가벼운 인물은 아니다.

'연기는 잘해야 하는데.'

그랬기에 다른 단역들과 달리 곽성수 감독이 직접 면접을 보러 온 것이었다.

선우는 침을 삼키며 차분히 입을 열었다.

"지선우입니다!"

"…지선우?"

익숙한 이름에 곽성수 감독은 인상을 찌푸렸다.

"아이돌이라 했던가."

"JS 엔터에서 온 친구라던데. 연기 수업도 따로 받았다고 합니다."

곽성수 감독 옆에서 작은 목소리로 조연출이 덧붙였다.

하지만, 곽성수 감독이 놀란 이유는 따로 있었다.

"탑보이즈의 리더를 맡고 있습니다."

"잠깐만."

'연기, 이 친구가 알려준 건가?'

문득 곽성수 감독의 머릿속에 지난주의 기억이 스쳤다. 회식 자리에서 또박또박하게 자신을 소개하던 녀석.

'탑보이즈의 나상준이라고 합니다.'

'선배가 연기력이 장난 아니거든요.'

그때 하운의 연기를 보고 JS 엔터에도 연락을 넣었던 그다.

안타깝게도 거절의 답변이 돌아왔고.

'휴식기라서 연기를 안 할 예정이라서요.'

조승현 실장이 적극 추천하던 같은 팀 멤버를 대신 단역 오디션에 보낸다고는 했는데.

"아."

'이 친구가 그 친구인가?'

아까까지는 별 기대 없이 앉아 있던 곽성수 감독의 두 눈이 반짝이기 시작했다. 긴장한 기색으로 움츠리고 있는 선우에게 곽성수 감독이 말을 던졌다.

"혹시 밖에 다른 멤버들도 대기하고 있나?"

"다른 멤… 버요?"

선우는 눈을 빠르게 굴리며 생각을 정리했다.

오디션이 끝날 때까지 밖에서 기다린다고 했을 테니 아직 이 자리에 있을 터였다. 선우는 얼떨떨한 표정으로 고개를 끄덕였다.

"네, 있을 겁니다."

"그때 내가 만난 친구도?"

"아."

곽성수 감독은 볼펜을 탁 소리 나게 내려놓으며 밖을 살폈다.

"들어오라 해요."

바로 코앞에서 대기하고 있던 상준이 당황한 낯빛으로 천천히 들어왔다.

"맞네."

상준의 얼굴을 확인한 곽성수 감독의 입가엔 왠지 모를 미소가 감돌았다. 휴식기라고 하니 지금 당장 저 친구에게 연기를 시킬 수는 없을 테지만.

'김하운……'

그 녀석의 연기도 수준급이었다.

단지 눈앞의 저 아이가 지도해 줬다는 이유만으로도.

그게 단순히 우연인지 정말 실력이었는지는 알 길이 없지만.

'보면 알겠네.'

상준에게 우선 옆에서 대기하고 있으라 한 뒤, 곽성수 감독은 고개를 들며 선우에게 말을 뱉었다.

"대사 한번 읊어봐요."

"아, 대사. 네, 지금 한번 읊어보도록……"

"한지우 대사로 읊어봐요."

주인공 유승과 함께 무죄를 밝혀내는 주조연급 인물, 한지우.

"한, 한지우요?"

갑자기 그의 대사를 읊으라는 말에, 선우는 당황한 눈을 끔뻑였다.

그런 선우에게 곽성수 감독은 다시금 재촉했다.

"뭐 해요? 어서 해보라니까."

＊　　　＊　　　＊

'무슨 역을 시킬지 모르니까. 다 준비해 가는 게 나을 거 같은데.'

오디션을 보는 배역만 죽어라 파고 있는 선우에게 상준이 던진 말이었다. 워낙에 성실한 상준이기도 했지만 그 조언엔 기존의 경험도 담겨 있었다.

'제가 무슨 대사 시킬 줄 알아요?'

'…….'

'최태령 대사 해보세요.'

흉부외과 오디션 당시에 자신과는 전혀 상관없는 배역으로 연기를 해야 했던 상준이다. 그때 발휘했던 놀라운 침착함으로 사실상 은수의 배역이라 여겨졌던 주연 자리를 꿰찬 거고.

비록 그게 흔한 경우가 아니라 하더라도, 상준의 심리는 그랬다.

기회는 준비된 자만 잡는 거라고.

그렇기에 조금의 빈틈도 만들어두지 않는 편이 낫다고 생각했다.

'그러면 다 연습해야 하려나. 시간이 빡센데.'

하지만, 안타까운 면이 있다면 선우에겐 암기 재능이 없었다.

한 배역을 연습하기도 벅찬 시간 앞에서 모든 배역을 외울 수는 없는 노릇이었고.

그래서 상준이 선우에게 내걸었던 제안이 있었다.

'아무리 봐도 이게 더 어울리는데.'

계속해서 시나리오를 살피던 상준의 시선은 자꾸만 '한지우'에게 갔다. 천재 경찰대생이자, 엉뚱한 매력으로 극의 분위기를 중간중간 살려가는 인물. 나이대도 그렇고, 캐릭터도 그렇고. 보면 볼수록 선우가 그려지는 인물이었으니까.

'이거 한번 연습해 보자.'

혹시 누가 알아. 이 배역을 따낼지?

"할 수 있어요?"

자신에게 물었던 상준의 말이 현실이 되는 순간이었다.

이 기회를 놓치지 않겠다는 다짐과 함께 선우는 격하게 고개를 끄덕였다.

"네, 한번 해보겠습니다."

"대본 보고 해도 되는데."

"외웠습니다."

"......!"

선우의 단호한 대답에 곽성수 감독은 놀란 눈이 되었다.

상준은 고개를 까닥이며 선우를 가만히 지켜보았다.

'할 수 있다.'

선우의 머리 위에서 반짝이는 재능의 힘.

상준은 저도 모르게 주먹을 세게 쥔 채 미소를 지었다.

곽성수 감독은 애써 놀란 마음을 가다듬고 나직이 말을 던졌다.

"거기, 다섯 번째 씬 대사 해봐요. 원래 준비해 온 파트."

지우와 그의 친구가 대화를 나누는 파트다.

친구를 의심하며 조금씩 균열이 생기는 중요한 파트.

원래대로라면 이 씬에서 친구를 연기해야 하는 선우였지만.

'왜 자신감이 생기지.'

오히려 지금은 한지우 그 자신이 된 것만 같았다.

선우는 마른 입술을 천천히 떼며 말했다.

"정말⋯ 너 아냐?"

친구를 향한 의심과 사소한 것도 놓치지 않겠다는 예리함.

주인공 유승을 처음 만났을 때부터 줄곧 딴 세상에 가 있는 듯한 엉뚱함을 가진 인물이지만, 이 순간만큼은 진지하다.

"너 아니냐고."

선우의 표정이 미묘하게 일그러진다.

가까운 친구마저도 믿을 수 없는 상황에 죄책감을 느끼면서도 차분히 생각을 정리하고 있는 듯한 얼굴.

'이걸 어떻게 다 표현하지?'

원래 곽성수 감독이 그려내려던 분위기를 완전히 짚어낸 모습이다.

선우의 연기를 평가하려던 곽성수 감독은 저도 모르게 그의 연기에 빠져들어 갔다.

선우는 허공을 쓸쓸한 눈길로 바라보며 고개를 푹 숙였다.

격렬히 부정하는 친구에게서 더는 다른 말을 들을 수 없었던 선우.

그러니 믿을 수밖에 없었던 그 감정을 그대로 담아내는 한마디.

"…아니네."

"……"

"아니라면 아닌 거겠지."

허공에 뻗은 손을 툭 떨구는 선우.

고작 한 장면일 뿐이지만 빠져드는 몰입감이다.

원래 감정 표현을 잘 하지 않는 한지우의 감정선이 처음으로 요동치는 장면. 복잡미묘한 감정을 동시에 담아내야 하기에 가장 까다로운 장면임에 분명했다.

그런데 이 장면을 이렇게 잘 연기해 내다니.

"와."

조연출이 가장 먼저 탄성을 터뜨렸다.

처음에는 다짜고짜 다른 배역을 시키는 곽성수 감독을 이해하지 못했는데.

"딱 어울리네."

"한지우가 온 느낌인데."

"아니, 이 배역이랑 너무 잘 어울려."

둥글둥글하니 착하게 생긴 얼굴상도 그렇고, 천재 캐릭터다 보니 똘망똘망한 눈이 제법 어울렸다.

"이만한 캐릭터 없는 거 같은데요?"

조연출의 한마디에 곽성수 감독은 대답대신 고개를 끄덕였다.

'잘한 건가.'

연기를 마친 선우가 다시 덜덜 떨고 있는 사이, 곽성수 감독이 예리한 눈으로 그를 응시했다.

"궁금한 게 있는데."

"아, 넵!"

"대본을 다 외운 거예요?"

비록 오디션을 보고자 했던 씬이긴 하나, 자신의 배역이 아닌 다른 인물의 대사까지 완벽히 외워 오는 건 흔치 않다.

그래서 던진 질문이었다.

상준은 덩달아 긴장한 기색으로 선우를 살폈다.

이런 자리엔 거의 처음 와봤을 텐데도 당황하지 않은 눈치다.

선우는 진지한 얼굴로 또박또박 말을 시작했다.

"한지우라는 캐릭터가 마음에 들었습니다."

"아?"

"저한테 어울린다고 생각했습니다."

선우의 당당한 한마디에 조연출은 피식 웃음을 터뜨렸다.

"그래서 해보고 싶었습니다."

두 눈을 빠르게 굴리면서도 제 할 말을 꿋꿋이 하는 선우다.

신인이 저 정도의 자신감을 보이는 것도 대단한데.

"어울리긴 하지."

실제로도 연기가 완벽했다는 건 부정할 수 없는 사실이었다.

"……"

선우의 말에도 대답 없이 책상만 내려다보고 있는 곽성수 감독.

그제야 선우는 그의 눈치를 살피며 침을 삼켰다.

상준 역시 결과만 기다리며 두 손을 공손히 모으고 있던 순간.

"재밌네."

곽성수 감독이 너털웃음을 터뜨렸다.

순수하게 노력한 열정이 돋보이는 오디션.

곽성수 감독의 시선이 선우와 상준을 번갈아 향했다.

'참 신기하네.'

이 자리에서 상준의 연기를 직접 보지 못한 게 아쉬울 따름이지만, 방금 보여준 연기만으로도 선우에겐 충분한 합격점을 줄 수 있었다.

까다로운 성격의 그지만 따로 지적할 포인트조차 없었던 충분한 연기다.

그러니까.

"한지우 씨로, 촬영장에서 보자고."

"정, 정말요?"

곽성수 감독의 입에서 튀어나온 말에 두 눈을 크게 뜨는 선우다.

"와… 와."

꿈만 같은 순간이었지만 결코 꿈이 아니다.

신인에 불과한 자신이 네임드 감독 영화의 주조연 자리를 맡았다는 것이.

"감사합니다! 열심히 하겠습니다!"

90도로 고개를 숙이며 힘차게 포부를 밝히는 선우.

들뜬 표정으로 웃어 보이던 선우의 시선이 상준에게 닿았다.

그런 선우를 향해 피식 웃으며 엄지손가락을 치켜세우는 상준이다.

진심이 담긴 상준의 한마디가 작게 울려 퍼졌다.

'잘했어.'

*　　　*　　　*

"와아아아아악!"

"우리 대배우님 오셨다!"

어김없이 난리가 난 연습실.

도영은 호들갑을 떨며 치킨 상자를 흔들었다.

"야, 그러면 섞여."

"양념 반, 후라이드 반이잖아, 도영이 형."

"쟤 머릿속이 공기 반, 소리 반이라 그래."

"아, 비었구나."

괜히 유찬에게 타박을 들은 도영은 투덜거리며 상자를 뜯었다.

유찬의 예상대로…….

상자 안은 양념으로 온통 범벅이 되고야 말았다.

도영은 머쓱한 미소를 지어 보였다.

"…음, 양념치킨이다."

"하, 차도영. 저 새끼, 진짜."

아무리 투덜거려도 오늘은 선우를 축하해 주기 위해 모인 자리다.

당당히 영화의 주조연 자리를 꿰차고 왔으니.

상준은 뿌듯한 미소를 지으며 젓가락을 선우에게 건넸다.

"어서 먹어."

"맞어. 또 우리끼리 다 먹었다고 닭 다리 날리지 말고."

선우는 피식 웃으며 과거에 후라이드였던 양념치킨을 들어 올렸다.

섞이긴 했어도 한 입 베어 물자마자 탄성이 튀어나오는 맛이다.

"진짜 죽인다."

"맞네. 선우 덕에 이것도 다 먹고."

연기를 열심히 준비한 선우도, 그걸 성심성의껏 도와준 멤버들도 모두 고생했다며 조승현 실장이 쏜 치킨이었다.

제현은 열심히 오물거리며 전투적인 식사를 이어갔다.

"선배님, 드세요."

"어, 고마워."

연습실에 둘러앉은 건 탑보이즈만이 아니었다.

JS 엔터의 새 식구가 된 연습생들.

우진이 대표로 콜라를 따르며 상기된 얼굴로 말을 뱉었다.

"선배님, 진짜 영화 나오면 티켓 주세요."

"다 보러 와. 보러 와."

"크으, 선배인 척하는 거 봐."

괜히 말을 얹은 도영은 선우의 눈초리에 조용히 입을 다물었다.

어느덧 그들과 말을 놓은 탑보이즈 멤버들이다.

상준은 서영에게 콜라를 건네주며 우진에게 물었다.

"작곡은 잘돼가고?"

"네, 뭐."

상준의 조언을 바탕으로 이것저것 작곡을 해보고 있는 우진이었다. 전문적으로 작곡을 배우면서 깨달은 것은 아직 배워야 할 점이 많다는 것. 우진은 사소한 경험들을 발판 삼아 조금씩 나아가고 있었다.

"이번에 만든 곡이 좀 괜찮은 거 같아서."

"아, 그래?"

"다음에 한번 들어주세요."

우진은 거의 다 되었다며 생글거렸다.

작곡에 있어 새로운 깨달음을 주었던 상준이기에 우진은 사실상 상준을 맹목적으로 따르고 있었다.

"이번에도 선배님한테 영감을 받아서……. 조금 어설프긴 한데, 느낌이 좋아요. 이게."

"……."

"아, 그리고 선배님. 다음에 연습실 찾아오시면 제가 음료수라도 대접을……."

아직 데뷔한 지 얼마 되지도 않은 신인이지만 새삼 후배가 생긴 느낌이 들어 기분이 묘하다.

상준은 머쓱한 미소를 지으며 화제를 돌렸다.

"그건 뭐야?"

때마침 우진이 손에 쥔 프린트가 눈에 들어와서였다.

"아, 이거. 교양수업이요."

"아."

아이돌이라고 해서 춤과 노래만 배우는 건 아니었다.

선우나 상준처럼 연기를 중점으로 하는 케이스의 경우 연기
수업도 따로 들었고, 외국어 수업부터 교양수업까지.

배워야 하는 게 한두 개가 아니었다.

그중에 단연 최악이라 뽑을 수 있는 게 바로 저 프린트였다.

도영은 치킨을 우물거리면서도 인상을 찌푸렸다.

"…아, 망했다."

"왜?"

"나도 시험 보래."

하도 예능에 나가서 헛소리를 해대니 시험까지 보겠다며 으름
장을 놓았던 조승현 실장이다. 그때 던져준 프린트는 고이 접어
종이비행기로 날린 게 문제였지만.

그동안 바쁘다고 핑계를 대왔으나, 이번에는 휴식기라는 명분
도 충분하다. 이러다간 꼼짝없이 공부하게 생겼다.

"으악."

시사 상식이나 최근 기사 등을 정리해 놓은 프린트인데 양만
해도 상당했었다. 도영은 혀를 내두르며 상준의 옆구리를 찔렀
다.

"형도 하래."

"나……?"

갑작스러운 지목에 상준은 경악하며 자신을 손으로 가리켰다.

그런 상준을 향해 도영의 돌직구가 꽂혔다.

"형도 머리가 좀……."

"내 머리가 어때서."

"두상이 예쁘다고."

망할.

"공부한 거 다 까먹었단 말야."

"…하지도 않았잖아."

유찬과 선우는 빠져나왔다는 듯 잔뜩 신난 표정.

양념치킨을 열심히 뜯고 있는 제현도 걱정 없이 생글거리고 있었다.

"바보들."

"저… 저!"

막내의 여과 없는 한마디에 도영이 묵직한 현실로 답했다.

"너도 보래."

"아?"

충격에 빠진 표정으로 들고 있던 치킨을 떨구는 제현.

상준은 깔깔거리며 프린트를 손에 쥐었다.

"아니, 그래서 이게 뭔데."

분명 한국말이 써 있긴 한데, 빼곡하니 읽기가 싫어진다.

상준은 10초 정도 프린트를 내려다보고선 인상을 찌푸렸다.

탑보이즈의 맏형인 입장에서 자신의 경험을 꺼내자면 그랬다.

"내가 국어를 배우면서 느낀 건데……."

"어."

"난 한국인이 아닌 거 같아."

치킨을 뜯고 있던 제현은 다시금 치킨을 떨구었다.

"출생의 비밀……."

"아니, 그게 아니라."

상준은 혀를 내두르며 말을 이었다.

"그다음에 영어를 배웠는데."

"어엉."

"외국인도 아닌 거 같아."

그런 슬픈 일이.

가만히 치킨을 뜯고 있던 우진은 안타까운 눈길로 고개를 끄덕였다.

상준은 씁쓸한 표정으로 콜라 한 모금을 삼키며 말을 뱉었다.

"하지만, 내가 깨달았는데. 이런 거 몰라도 잘 살 수 있어, 얘들아."

"맞네."

"그러네요, 정말."

상준의 말이라면 격하게 긍정하는 우진과 일단 고개부터 끄덕이고 보는 여고생들. 같이 시험을 보게 생긴 제현과 도영도 상준의 말에 공감했다.

하지만.

그런 그들의 망상과는 달리.

"…어림도 없지."

벌컥—.

그들의 대화를 문밖에서 듣고 있던 송준희 매니저가 문을 열어젖혔다.

　　　　＊　　　　　＊　　　　　＊

"얼른 앉아."

50점 못 넘으면 앞으로 치킨은 국물도 없을 테니까.

조승현 실장이 친히 전했다는 그 한마디를 듣는 순간, 도영은 머리를 싸매며 바닥에 주저앉았다.

'망했다.'

"아아악, 안 돼요!"

"하루만. 하루만 더."

"하루 더 준다고 해도 안 할 거 알아."

"…아니!"

아무리 투정을 부려도 어차피 던져진 시험.

상준은 머리를 긁적이며 어깨를 으쓱였다. 이럴 줄 알았으면 암기 재능이라도 미리 대여해 놓았겠지만 그것과는 별개로 이해가 되지 않는 게 있어서였다.

왼쪽에는 헛소리만 늘어놓는 도영이, 오른쪽에는 세상 해맑은 막내가 앉아 있다.

상준은 볼펜을 손에 쥔 채 진지한 얼굴로 말했다.

"왜 내가 여기 있는지 잘 이해가 안 되는데."

아무리 생각해도 이 중에는 자신이 가장 낫다며 단언하는 상준이었지만, 어쩐지 돌아오는 반응은 싸늘했다.

"……"

"형, 그냥 1번부터 풀자."

제현의 타박에 상준은 책상에 드러누우며 문제를 확인했다.

검은 건 글씨고 하얀 건 종이인데.

"음."

탑보이즈 멤버들과 함께 따라 들어온 우진과 시은, 서영, 셋은 공부한 게 있는 모양인지 열심히 답을 써 내려가고 있었다.

상준은 한층 더 착잡해진 표정으로 볼펜을 돌렸다.

"뭐지."

예능에서나 자주 나올 법한 상식 문제들이긴 한데, 문제가 있다면……

'상식이 없는데.'

상준은 머리를 긁적이며 제현을 향해 고개를 돌렸다.

열심히 시험지에 무언가를 끄적이던 제현은 급하게 손으로 종이를 가렸다.

"헉, 상준이 형 커닝해요."

"아?"

상준은 당황한 표정으로 두 눈을 끔뻑였다. 짧은 순간, 제현이 끄적이던 것의 정체를 확인하고야 말았으니까.

'막… 대… 사탕……'

열심히 그림 그리고 있던데.

상준은 한숨을 내쉬며 혀를 내둘렀다.

그런 상준을 향해 도영의 나직이 입을 열었다.

"형, 1번 답 뭐야?"

저 멀리 송준희 매니저가 나간 사이 곧바로 수작을 부리는 도영이었다. 그제야 문제를 확인한 상준이 턱을 쓸어내렸다.

"덴마크는 어느 대륙에 있는가?"

"왜 서술형이지, 얜짢게."

"으음, 음."

콧노래를 흥얼거리는 제현과는 달리 진지하게 문제를 노려보고 있는 둘이다. 상준은 볼펜을 책상 위에 탁 올려놓으며 의미심장하게 입을 열었다.

"일단 이건 확실해."

"뭔데."

"아시아는 아니야."

"후. 그건 지나가던 개도 알겠고."

상준의 뻔한 말에 도영은 한숨을 내쉬었다.

그 순간.

"……!"

이유는 모르겠지만 제현이 흠칫 몸을 떨었다.

다시 고개를 푹 숙인 채 지우개로 무언가를 지우는 제현.

도영은 다시 한번 한숨을 내쉬며 상준을 재촉했다.

"그래서 어딘데."

"으음."

선우와 유찬이 있으면 그나마 나았을 텐데.

지금 이 순간만큼은 유일한 탑보이즈의 브레인인 유찬에게 기대고 싶었다. 상준은 한참 동안 머리를 싸매더니 벌떡 고개를 들었다.

"유럽이네."

"아, 그거 빼고 쓰면 되겠다."

"뭐냐, 너 왜 나 안 믿어."

상준의 항의에 혀를 차며 단호하게 고개를 젓는 도영이다.

둘의 대화를 엿들으며 뭐라도 적어보려던 제현은 상준에게 베팅하기로 했다.

"유럽… 메모……."

그러고 있는 동안 거의 반 이상 문제를 풀어버린 후배들.

상준은 해탈한 표정으로 다시 책상 위에 드러누웠다.

그와 동시에 눈꺼풀이 천천히 무거워지기 시작했다.

"……."

그렇게 몇 분이 지났을까.

"일어나, 형."

"형……?"

잠깐 엎드렸을 뿐인데 시간이 후딱 지나가 버렸다. 상준은 무거운 눈꺼풀을 들어 올리다가 벌떡 일어났다.

"뭐야."

송준희 매니저가 혀를 차며 상준을 내려다보고 있었다.

"풀긴 풀었어?"

"아."

망했다.

상준은 머쓱한 미소를 지으며 텅 빈 시험지를 내밀었다.

"제 마음처럼 하얀……."

"됐고."

송준희 매니저는 반쯤 구겨진 시험지를 받아 들며 화제를 돌렸다.

오랜만에 진지하게 꺼낼 얘기가 있어서였다.

"너네한테 전할 소식이 있거든."

"스케줄이요?"

"그래."

송준희 매니저는 고개를 까닥이며 묵직한 서류 뭉치를 책상 위에 툭 내려놓았다. 셋이 시험을 보는 사이 유찬과 선우에겐 미리 일러뒀단다.

"새로운 프로그램 들어왔거든. 단체로 출연하는 거."

"단체면……."

도영의 두 눈이 반짝이기 시작했다.

아직 신인인 만큼 단체 스케줄이 들어오는 건 컴백 직후 라디오 스케줄 말고는 거의 없었다.

TV 프로그램의 경우엔 신인 아이돌을 단체로 부를 이유가 없으니.

"무슨 프로그램인데요?"

상준의 물음에 송준희 매니저는 잠시 주저했다.

사실 이 프로그램 출연의 제안을 받고 며칠을 망설였던 조승현 실장이었다.

'이걸 애들이 좋아할까.'

신인의 입장에선 예능에서의 노출을 늘리고 대중에게 자신들을 각인시키는 게 베스트였다.

비록 신인상을 거머쥐긴 했지만, 상준과 선우를 제외한 다른 멤버들의 얼굴은 비교적 덜 알려진 상태였으니.

기회는 기회다.

다만 그 방식이……

"오디션이야."

*　　　　*　　　　*

악마의 편집부터 조작까지.

「마이픽」 프로그램으로 출연 멤버들이 큰 상처를 받았으리라는 건 굳이 말을 하지 않아도 알았다.

실제로 상준의 경우에는 프로그램에 출연하는 동안에도 총 분량이 채 5분도 되지 않는 경우도 빈번했다.

'이게 맞는 건가.'

기회라는 걸 알기에 받아들인다고 한들, 멤버들이 진심으로 좋아서 하리라는 보장도 없었다. 소속사에서 내거는 스케줄을 자의적으로 빼고자 하는 신인은 거의 없으니까.

하지만, 조승현 실장의 생각은 달랐다. 굳이 나가기 싫어할 스케줄을 억지로 넣고 싶지는 않았기에 충분히 멤버들의 의견을 물어보고 싶었다.

"피디님은 좋은 분이신 거 같아. 마이픽 때 같은 그런 인간은 아니긴 한데……"

송준희 매니저는 그런 조승현 실장의 생각을 솔직하게 전해놓았다.

"절대로 강요하진 않을 거야."

"오디션……"

"나가고 싶으면 나가는 거고, 아니면 마는 거고."

「마이픽」처럼 오디션 형태의 프로그램이긴 했다.

연예인 패널뿐만 아니라 시청자들의 문자 투표를 받는 것도 비슷한 시스템이었고.

「마이픽」에 한 번 크게 덴 멤버들의 입장에선 자연히 그 기억이 떠오를 수밖에 없었다.

"읽어볼게요."

그러니 더욱 신중해야 했다.

상준은 서류를 집어 들며 천천히 읽어나갔다.

아까 상식 문제를 풀 때와는 달리, 제법 진지한 눈빛으로 빠르게 프로그램을 스캔해 나가는 상준이었다.

"데뷔한 지 3년 이내의 아이돌그룹."

"그렇게 출연하는 거야?"

"그러네."

조건에 맞는 아이돌그룹들을 모아서 매주 주제에 맞는 곡으로 경연을 펼치는 프로그램이었다.

'고정이라서 걱정했는데.'

총 다섯 번의 경연으로 이뤄지는 시즌제 프로그램이니 부담도 덜했다. 「마이픽」과 달리 탈락 시스템이 있지는 않았고.

"1등은 한우를……."

"나갈래요."

"아니, 잠깐만."

깃털같이 가벼운 마음을 지니고 있는 제현을 간신히 누르고선 마저 서류를 읽어나가는 상준.

「마이픽」 사건을 겪었다 보니 예민해질 수밖에 없는 게 사실이었지만…….

"나가고 싶어요."

상준은 미소를 지으며 고개를 들었다.

비슷한 형식의 프로그램임에도 이런 결정을 내린 이유는 하나였다.

"믿어서요."

"저도. 괜찮을 거 같아요."

충분한 검토 끝에 이루어진 결정이라는 걸.

조승현 실장을 믿기에 알 수 있었다.

멤버들의 말에 송준희 매니저는 미소를 지으며 서류를 덮었다.

"그래, 그러면 나가는 걸로."

"와, 저것도 준비해야 되는 건가 보네."

모처럼 휴식기라 쉬고 있었건만 다시 바빠지게 생겼다.

매주 한 차례의 경연을 준비해야 하니 듣기만 해도 빡세지만, 상준은 왠지 모를 설렘이 느껴졌다.

"오랜만의 무대네."

신인상 이후 몇 주째 무대에 서질 못했는데, 팬들 앞에서 다시 무대에 설 생각을 하니 괜히 웃음이 새어 나왔다.

자신들은 무대 위에 섰을 때, 비로소 살아 있음을 느끼는 존재니까.

도영 역시 같은 생각을 한 모양인지, 스스럼없는 목소리가 튀어나왔다.

"좋다."

"하는 김에 제대로 해보자."

주먹을 세게 쥔 채 패기 넘치게 말을 뱉는 상준.

도영과 제현도 따라 힘차게 고개를 끄덕였다.

송준희 매니저는 너털웃음을 터뜨렸다.

"다들 패기가 좋네."

"아, 그런데 매니저님."

상준은 송준희 매니저가 덮어두었던 서류를 다시 집어 들었다.

탑보이즈와 한우를 두고 싸울 다른 경쟁 상대들.

그러니까.

"출연진들 누구 있어요?"

3년 이내의 그룹이면 탑보이즈와 대강 비슷한 위치에 있는 아이돌일 터였다. 상준의 물음에 송준희 매니저는 담담하게 말을 뱉었다.

"최종 확정은 안 났긴 했는데…… 일단은 위아영이랑 에이스."

"아."

탑보이즈와 신인상을 놓고 겨뤘던 그룹들이다.

그중에서 위아영은 신인상 2관왕을 차지했을 정도로, 탑보이즈의 라이벌이나 다름없는 그룹이었다.

떠오르는 혜성이니만큼 자연히 경계할 수밖에 없는 대상.

멤버들의 두 눈이 불타오르기 시작했다.

그런 멤버들을 바라보며 송준희 매니저는 기억을 되짚었다.

"그리고 또……"

대부분 1년 이내의 신인 그룹이었지만 그중에서 단연 선배인 그룹이 하나 있었다.

2년 내내 무명 생활을 유지하다가 요즘 훌쩍 인지도를 올리고 있는 그룹. 가파른 성장세가 무서울 정도의 그룹이다. 송준희 매니저는 미소를 지으며 말을 뱉었다.

"드림스트릿도 온다고 하더라."

"아, 태헌이 형?"

드림스트릿의 리더 태헌이라면 상준과도 친분이 있는 사이었다.

다른 멤버들과는 제대로 만난 적이 없다만 이름은 익히 들어 왔다.

제현은 호기심 가득한 눈으로 상준에게 물었다.

"그 형은 어떤데?"

"그, 그 있잖아."

상준은 혀를 내두르며 태헌을 처음 만났던 순간을 떠올렸다.

'너 왜 말 놓냐. 선배가 만만해요?'

술을 마시면서 각종 헛소리를 내뱉었던 태헌.

절대 친해질 수 없는 사이라고 생각했는데 이런 관계가 된 것이 기적일 따름이었다. 상준은 피식 웃으며 말을 뱉었다.

"알콜 꼰대라고 있어."

"아."

출연진에 대한 이해는 프로그램 이해에 대한 첫걸음이다.

상준의 신념을 흡수한 제현은 열심히 상준의 말을 받아 적었다.

[알콜 꼰대]

"꼰대… 메모……."
"쟨 뭘 적는 거야?"
메모를 일상화하기 시작한 제현이 또 헛소리를 적어 내려가고 있다. 도영은 어이가 없다는 듯 웃음을 터뜨리며 상준에게 고개를 돌렸다.
평상시였으면 뭐라도 답할 상준인데 왜인지 대답이 없다.
"……."
"형, 왜 그래?"
무언가를 발견했는지 심각한 표정으로 굳어버린 상준이다.
이내 인상을 찌푸리는 탓에 도영은 놀란 눈으로 물었다.
그 순간.
상준은 떨떠름한 표정으로 말을 뱉었다.
"얘네도 나가요?"
"누구?"
송준희 매니저도 모르는 듯 의아한 눈빛. 그 역시 제대로 전해 듣지는 못한 모양이었다.
하지만.
"이게 맞죠?"
서류에 당당히 박혀 있는 출연진을 발견한 상준은 입술을 질끈 깨물 수밖에 없었다.

묘하게 사사건건 부딪히는 그룹.

"…오르비스."

또다시 불편한 녀석들을 만나게 생겼으니까.

제3장

아이돌 프로듀서

"이쯤 되면 운명이야."

"헛소리하지 말고."

도영의 한마디에 유찬은 경기를 일으키며 제자리에서 몸서리 쳤다.

실장실에서 나와 복도를 향하고 있는 와중에도 탑보이즈는 줄곧 오르비스의 얘기를 이어갔다.

"걔네도 이번에 칼 갈고 나오겠지?"

"그쪽도 우리 출연하는 거 알려나."

선우의 걱정스러운 말에 상준은 고개를 끄덕였다.

뭐, 설령 모른다 하더라도 며칠 뒤면 알게 될 게 분명했으니.

"이렇게 또 만나네."

너무도 질긴 악연이었다. 탑보이즈가 오르비스를 경계하는 만큼, 그쪽이라고 사정이 다르진 않을 테니, 답은 하나였다.

"……."

잠시 침묵이 감돌던 탑보이즈 멤버들 사이로 먼저랄 거 없이 한마디가 튀어나왔다.

"오르비스는 이겨야지."

오르비스는 이겨야 한다.

어떤 곡이든, 어떤 퍼포먼스든. 확실히 기선 제압을 해주고 싶다는 욕구가 빠르게 샘솟았다.

"으음."

'첫사랑'으로 부드러운 느낌을 선보였던 오르비스다.

그룹의 분위기 자체가 파워풀과는 거리가 멀다 보니, 경연에서도 비슷한 느낌의 곡을 선보일지도 몰랐다.

잠시 오르비스의 패턴을 분석하던 상준은 조심스레 입을 뗐다.

"어떤 곡이 좋을까."

"자유곡이지?"

유찬의 물음에 상준은 고개를 끄덕였다.

'마이픽' 때도 자유곡으로 경연을 도전한 적은 몇 번 있었다.

그때의 경험을 되짚어봤을 때는……

"역시 자작곡이 낫겠지?"

유찬이 턱을 쓸며 뱉은 말에 다른 멤버들도 수긍하고 나섰다.

밤바다.

수많은 사람들을 온탑으로 만들었던 그때의 그 무대를 재현해 보겠다는 열망. 그 열망이 탑보이즈 멤버들 사이로 생겨났기 때문이었다.

"우리는 어떤 스타일로 갈 건데?"

경연곡의 스타일을 정하기 위한 첫 번째 질문. 그 안에는 오르비스를 향한 경쟁심리가 내포되어 있었다.

"으음."

오르비스와 탑보이즈는 묘하게 겹치는 부분이 있었다.

데뷔곡인 '첫사랑'과 '모닝콜'의 분위기도 비슷했고, 마이픽으로 인지도를 올린 부분도 비슷했다. 그러니 이번만큼은 굳이 유사한 걸로 싸우고 싶진 않았다.

"색다른 스타일을 도전해 볼까?"

그래서일까.

상준의 제안을 들은 멤버들은 단번에 고개를 끄덕였다.

유찬은 상준을 바라보며 질문을 쏟아부었다.

"나는 찬성하지. 형이 만들어놓은 멜로디 라인 있어? 어떤 스타일로 갈 건데? 장르는?"

정신없이 쏟아지는 질문에 대한 대답은 의외였다.

계획해 둔 것이 있냐면…….

"없는데?"

"아?"

"와, 형이 계획이 없었던 적이 있다고?"

항상 무언가를 대비해 놓고 멤버들을 놀라게 했던 상준이다 보니, 계획이 없다는 말이 더 놀라웠던 도영이다.

하지만, 이번엔 빈말이 아니었다.

"정말 없는데."

애당초 경연 프로그램이 결정된 지도 얼마 되지 않았으니 따로 구상해 둔 스타일은 없었다.

지금부터 생각해 보면 될 문제긴 하지만······.

"···일단 생각해 볼게."

상준이 멋쩍은 미소를 지으며 머리를 긁적이던 순간.

제자리에 멈춰 선 그의 얼굴이 굳었다.

"어?"

"왜 그래?"

그런 상준을 따라 놀란 눈으로 고개를 돌리는 선우.

시끌벅적하던 분위기가 가라앉자 복도가 이내 고요해졌다.

"이건 뭐야?"

복도 끝에서 잔잔하게 새어 나오는 멜로디.

부드러운 베이스 음이 감성을 촉촉히 적신다.

'처음 듣는 노래다.'

다른 아이돌 곡처럼 강렬하지도, 중독성 있는 후크가 있는 것도 아니지만, 어딘가 매력적인 멜로디가 멤버들을 사로잡았다.

"저 노래······."

"뭐지, 너무 좋은데."

유찬과 도영 역시 같은 느낌을 받았는지 멍해진 얼굴이었다.

"······."

상준은 저도 모르게 발걸음을 뗐다.

난생처음 듣는 멜로디. 하지만 그 안에 녹아들어 있는 익숙함.

비슷한 느낌을 이전에도 받은 적이 있었다.

노래가 다음 소절로 이어지는 순간.

상준의 입에서 담담한 한마디가 흘러나왔다.

"…우진이네."

이런 곡을 만들 사람이라고는.

JS 엔터에 한 사람밖에 없었다.

＊　　　　　＊　　　　　＊

서글픈 멜로디에 베이스 음을 얹고 부드럽게 노래를 찍어간다.

그러고는 이 노래에 감정을 싣는다.

노래를 감정을 싣는 것은 비단 가수만의 몫이 아니었다.

노래를 살려내는 게 가수라면, 노래를 설계하는 건 작곡가의 몫이다.

가수가 감정을 실을 수 있도록 감정의 빈 공간을 만들어 넣어야 한다.

들으면 절로 감정이 동화되는 멜로디를 만들어내는 것.

결코 쉬운 작업이라 할 수는 없었지만 어느새 동화되어 버린 우진이었다.

"나쁘지 않은데?"

우진은 음을 찍어나가면서도 여전히 상준의 조언을 되새기고 있었다. 어렵게 꼬는 대신 진솔한 감정을 고스란히 담아내는 것. 그거에만 집중해서 연습한 결과. 우진은 깨달을 수 있었다.

'훨씬 나아졌어.'

마치 그간 보지 못했던 것을 깨닫게 된 느낌이었다.

우진은 마냥 감사한 심정으로 작게 중얼거렸다.

"다음에 뵈면 한번 들려 드려야지."

자신의 문제점을 정확히 지적할 수 있는 예리한 시선을 지닌 상준이다. 그런 그의 앞에서 곡을 내미는 것 자체가 부담스럽고 부끄러운 일이었지만, 우진은 여전히 더 배우고 싶었다.

'대단한 사람이니까.'

단순히 데뷔를 해서가 아니다.

그와는 별개로 본받고 싶은 사람이다.

우진은 흐릿한 미소를 지으며 완성된 데모곡을 USB에 옮겼다.

"오늘 찾아뵐⋯⋯."

여유가 되면 오늘이라도 찾아가야겠다.

그렇게 생각한 우진이 몸을 일으켰을 때였다.

벌컥.

"우진아! 우진아!"

어?

우진은 놀란 눈으로 제자리에 멈춰 섰다.

"⋯선배님?"

노래를 들려주어야겠다고 다짐했던 사람이, 불쑥 작업실에 나타났기 때문이었다.

"여기는 무슨 일로⋯⋯."

우진은 커다란 눈을 크게 뜨며 상준을 올려다보았다.

급하게 온 듯 살짝 상기된 듯한 얼굴.

상준의 뒤로 나란히 서 있는 탑보이즈 멤버들에 우진은 한층 당황한 낯빛이 되었다.

'무슨 일이지?'

상준의 시선이 USB가 들린 우진의 손으로 향했다.

아까 전까지 심금을 울렸던 멜로디. 그 멜로디를 찾아 이곳까지 온 상준이었다.

"방금 전 그 곡 뭐야?"

"…곡이요?"

작업실이라도 급하게 쓸 일이 있는 걸까.

그렇게 생각하고 있던 우진은 놀란 눈을 끔뻑였다.

전혀 예상하지 못했던 질문이었다. 어차피 상준에게 들려줄 예정이긴 했지만, 이런 식으로 들려주게 될 줄은 몰랐기 때문이었다.

"방금 전 곡 있잖아. 네가 만든 거."

"아."

뒤늦게 상황을 파악한 우진은 황급히 모니터를 켰다.

어떻게 된 일인지는 모르겠으나 선배가 자신의 곡을 듣고 싶어 한다. 처음 평가받았을 때는 한없이 혹평만 가득했지만……

'뭔가 다른데.'

상준의 표정을 보아하니 오늘은 다를 것만 같았다.

기대감에 가득 차 있는 상준의 얼굴. 우진은 상준은 힐끗 돌아보며 데모곡을 틀었다.

"이거예요."

지난주부터 자꾸만 귓가를 맴돌던 멜로디를 고스란히 옮겨두었던 곡이다. 복잡한 것은 버리고 진솔한 감정만 담아냈던 노래가 다시 스피커를 타고 흘러나왔다.

"……."

간결한 멜로디로 귀에 부드럽게 다가오는 곡.

상준은 지그시 두 눈을 감았다.

'좋다.'

자극적이지 않고 차분하지만 귀가 즐겁다.

낯설면서도 익숙하다.

섬세하고도 아름답다.

'오케스트라 같아.'

숲속에 누워서 애절한 노래 한 곡을 듣는 기분.

우진이 새겨놓은 멜로디들이 모두 자연스레 조화를 이루며 감동을 선사했다. 분명 일반적인 방식은 아니었다. 우진다운 방식.

하지만, 복잡함은 버렸다.

일반 대중이라도 친근하게 다가갈 법한 노래지만 본인의 색을 잃지 않은 노래. 상준은 우진이 천재라는 사실을 다시금 인정할 수밖에 없었다.

"어떤… 가요?"

우진이 작곡한 노래 외엔 숨소리조차 들리지 않는 스튜디오.

노래가 끝나자, 상준은 천천히 눈꺼풀을 들어 올렸다.

우진은 잔뜩 긴장한 얼굴로 침을 삼켰다.

'이번에는 어떨까.'

부디 지난번보다는 좋은 평가를 받기를. 긴장되는 마음으로 기다리던 순간이었다.

"이거······."

상준의 입에서 전혀 예상치 못한 말이 튀어나왔다.

"경연곡으로 써도 돼?"

＊　　　　＊　　　　＊

"경연곡에 잔잔한 노래가 괜찮을까?"

"아이돌 경연이라서······. 발라드 도전하는 건 거의 우리뿐이지 않을까."

발라드곡을 수록곡으로 잡는 경우는 많아도. 시기상 가을을 제외하곤 타이틀곡으로 내는 경우는 거의 드물다. 상황이 이렇다 보니 경연곡에 어울릴 거란 확신을 할 수 없었다.

하지만.

"그 곡이라면."

상준은 두 눈을 반짝이며 미소를 지었다.

복도 끝에서 그 노래가 울려 퍼지던 순간 직감했다.

바로 이 노래라고.

본능적으로 자신을 끌어당겼듯 관객들도 끌어당길 노래다.

비록 데뷔도 하지 않은 신인 작곡가의 노래지만 JS 엔터에서 회의에 들어간 이유도 같을 터였다.

"일단 회의는 해보신다는데."

"어때? 될 거 같아?"

"우리 의견은 전달하신 거 같아."

상준은 고개를 까닥이며 입을 열었다.

처음에는 걱정도 많았지만 다들 상준의 의견에 동감했다.

단순히 상준을 향한 신뢰 때문만은 아니었다.

"나도 듣고 멍해졌잖아."

"딱 이거다 했지."

유찬과 도영은 동시에 고개를 끄덕이며 말을 뱉었다. 막대 사탕을 물고 있던 제현도 형들을 따라 수긍했다. 상준은 미소를 지으며 말했다.

"선우도 어제 찬성한다고 하고 나갔더라."

"아, 맞다. 선우 형은 잘하고 있대?"

"아마도?"

오늘은 경연 프로그램 「아이돌 프로듀서」의 사전 미팅 날이었다.

대기실에 도착한 다른 멤버들과는 달리 선우는 아침부터 스케줄이 겹쳤다.

"영화 첫 촬영이잖아. 떨릴 만도 하겠네."

"완전 들떠서 나갔던데."

오디션을 통해 힘겹게 얻어낸 배역.

함께 출연하는 영화에서 하운과 만나 제법 합을 잘 만들어내고 있는 모양이었다. 곽성수 감독에게 연기 칭찬도 받았다며 하운에게 문자가 와 있었다.

"잘들 하겠지."

능력을 건네준 건 잠깐이었지만 그 행운 이상으로 잘 해내는 둘이다. 상준은 미소를 지으며 작게 중얼거렸다.

그 순간, 「아이돌 프로듀서」의 스태프 한 명이 튀어나왔다.

"단체 대기실 쪽으로 이동할게요!"

"넵! 가겠습니다!"

"형, 여기 물 챙기고."

리더인 선우의 자리가 없으니 영 허전했지만, 그 몫까지 충분히 해내리라 다짐한 상준이다. 정신없이 짐을 챙기는 동생들을 끌고선 단체 대기실에 다다랐다.

"……."

그리고.

별로 달갑지 않은 얼굴들이 가장 먼저 눈에 들어왔다.

'또 만나네.'

같이 출연한다는 걸 알고 오긴 했음에도, 곧바로 싸한 분위기가 맴돌았다. 어색한 분위기 사이로 익숙한 얼굴이 상준에게 말을 걸어왔다.

"여기서 만나네."

"그러게."

드림스트릿의 태헌이었다.

오르비스의 싸늘한 시선을 뒤로하고 태헌은 해맑게 웃으며 탑보이즈 멤버들에게 다가섰다. 상준을 제외한 다른 멤버들과는 자주 만날 기회가 없었기에, 이참에 친해지기 위한 목적이었다.

"어, 얘기 되게 많이 들었어요."

유찬은 미소를 지으며 정중하게 입을 열었다.

인사 차원에서 건넨 말이긴 했지만 실제로 얘기를 많이 듣긴 했다.

사이가 좋지 않은 시절부터 이렇게 가까워지기까지.

도영 역시 들뜬 목소리로 말을 얹었다.

"아, 선우 형이 되게 만나고 싶어 했는데."

"아, 그래요?"

"네, 그런데 지금 없어서."

사교성이 좋은 둘답게 몇 마디 대화를 주고받더니 금세 편해진 얼굴이다. 그 사이에 낀 제현은 열심히 눈동자를 굴리고 있었다.

'누구지?'

누군지 모르니 끼어들지는 못하고, 인사할 타이밍도 놓친 터라 멋쩍게 웃고 있던 순간. 멍하니 서 있던 제현의 머릿속에서 상준이 건넨 말이 스쳐 갔다.

'알콜 꼰대라고 있어.'

맞다.

그제야 눈앞의 남자의 정체를 떠올린 제현은 해맑게 고개를 들었다.

"알콜 꼰대……!"

문제는.

머릿속에만 있을 줄 알았던 생각이.

입 밖으로 튀어나왔다는 것이었다.

"네……?"

*   *   *

"네……?"

"아, 네?"

놀란 눈을 끔뻑이며 제현을 바라보는 태헌과, 저도 놀라서 제자리에서 펄쩍 뛰어오른 제현. 가운데 낀 상준은 혼란스러운 표정으로 둘을 번갈아 보았다.

"아, 그."

"방금 뭐라고 했는데."

태헌이 잘못 들었나 싶어 눈을 굴리는 사이, 도영이 다급히 손사래를 쳤다.

"죄송해요, 저희 막내가 취해서."

"아니, 미성년자인데?"

"아, 맞네."

"……."

"얘는 콜라 마시고도 취하긴 하는데……."

괜히 변명했다가 불을 붙일 뻔한 도영은 시무룩한 얼굴로 물러섰다.

태헌은 여전히 멍한 표정으로 제현을 빤히 바라보았다.

해맑던 막내는 처음으로 적잖이 당황한 표정이었다.

"그……."

"그……?"

무슨 말을 해야 할까.

열심히 머리를 굴리던 막내는 상준을 손가락으로 가리켰다.

"상준이 형이 알려줬어요!"

야.

상준은 흔들리는 동공으로 제현을 바라보았다.

이렇게 배신감이 들 수가 없다. 자신이 불리해지니 형을 팔아 넘기는 꼴이라니.

말문이 막혀 버린 상준이 입을 떡 벌리고 있는 사이, 제현이 조심스레 덧붙였다.

"저는 열심히 메모하다가……. 외웠을 뿐……."

"너 애들한테 내 얘기를 이런 식으로 했구나?"

망할.

태헌의 눈빛을 보니 대단히 삐진 모양이었다.

상준은 멋쩍은 미소를 지으며 태헌의 시선을 피했다.

"뭐, 사실을 바탕으로 각색을……."

타 출연진들이 근처에 없었으면 한 대 맞았을지도 모른다.

상준은 헛기침을 하며 화제를 돌렸다.

"끝나고 회식할까."

"…나 술 마실 거야."

태헌의 확고한 자기주장에 상준의 안색이 새하얗게 질렸다.

'너 왜 말 놓냐. 선배가 만만해요?'

뭔가 그날의 일이 반복될 것 같긴 한데…….

"가자. 그래."

"좋지?"

"너무 좋아 죽을 거 같아."

대단히 삐진 걸 달래주긴 해야 할 거 같았다.

지금 얼굴도 안 봤던 사이에 이미지가 이게 뭐냐고 투덜대는 태헌의 말을 한 귀로 흘리면서 저녁 약속을 잡는 상준.

그렇게 제현의 말실수 사건이 마무리되려던 찰나였다.

"이야, 이제 막 나가네."

오르비스 쪽에서 익숙한 목소리가 튀어나왔다.

제현을 겨냥한 듯한 한마디. 해강은 고개를 돌리며 능청스럽게 기대앉았다. 마치 아무 말도 하지 않았다는 듯이.

"……."

하지만 그 여파는 상당했다.

해강이 툭 던진 말에 대기실의 분위기가 싸늘하게 가라앉았다.

"다 모이셨어요?"

그나마 다행인 것은 때마침 스태프 한 명이 뛰어 들어왔다는 것이었다.

"한 팀씩 사전 미팅 진행할게요!"

미팅 준비로 난리 통이 된 탓에 더 말을 잇지 못한 해강이었지만, 얼굴에는 불편한 심기가 가득했다. 상준은 인상을 찌푸리며 지그시 입술을 깨물었다.

'갑자기 왜 저러지?'

지난번 논란 이후로 대놓고 시비를 걸어온 적이 없던 해강이다. 그렇게 당해놓고도 같은 실수를 반복하는 게 해강답긴 했지만, 문제는 제현이었다. 티가 나게 축 처진 제현의 어깨를 바라보고 있자니 괜히 속이 상했다.

"가자."

상준의 제현의 어깨를 툭툭 치며 가장 먼저 대기실을 나섰다.

「아이돌 프로듀서」의 사전 미팅.

간단한 질문들만 주고받을 예정이니 큰 걱정은 말라는 스태프의 말을 들으며, 멤버들은 중앙에 마련된 의자에 앉았다.

"네, 시작할게요."

카메라 불빛이 켜지고, 상준은 반사적으로 입가에 미소를 띄웠다.

오르비스와 탑보이즈의 불화설이 이전에 뜬 적이 있으니 그걸 이용할지도 모른다는 생각에서였다. '마이픽' 때와는 달리 소문이 좋은 PD긴 하지만 마음을 놓을 수는 없었다.

"첫 번째 질문부터 들어갈게요. 편하게 대답해 주세요."

제작진이 건넨 질문에 대한 답이 어떻게 편집될지 모르는 상황에서.

"이번 경연에서 가장 라이벌이라고 생각하는 팀은 어디인가요?"

굳이 이런 질문에 솔직하게 대답할 필요는 없었다.

"오……."

아무 생각 없이 입을 여는 제현의 다리를 지그시 손으로 누르며, 상준은 천천히 입을 뗐다.

"드림스트릿이요."

"아, 드림스트릿!"

팬들 사이에서도 상준과 태헌의 사이가 좋다는 소식은 이미

퍼져 있었다. 서로의 친분을 확인하고 논란을 만들지 않는 것.

"이유가 뭐죠?"

"태헌이랑 내기를 해서 이기는 사람이 고기 쏘는 걸로 했거든요."

"이야, 치열한 경쟁이네요."

"제가 반드시 이기기로 했습니다."

굳어 있던 사전 미팅장의 분위기가 금세 화기애애해졌다.

대기실에서부터 감도는 미묘한 분위기에 긴장하고 있던 송준희 매니저의 얼굴도 밝아졌다.

'굳이 구설에 오를 필요는 없지.'

솔직한 제현과 들떠 있는 도영 사이에서 적당히 중심을 잡아주고 있는 기분이다. 리더인 선우의 공백마저도 자연스럽게 채워가는 상준.

"어떤 노래로 경연에 참여할지 이미 정해졌나요?"

"으음."

"…비밀입니다."

"아? 저희한테도 비밀인가요?"

"네. 저희가 좀 신비주의인 그룹이라."

아직 정해지지 않은 경연곡에 대해선 자연스럽게 흘리기까지.

'느낌이 좋은데?'

가만히 앉아서 탑보이즈를 지켜보고 있던 「아이돌 프로듀서」의 서 PD는 턱을 쓸어내렸다. 연차가 많지 않은 아이돌들을 모아서 펼치는 경연이다 보니 예능에 서투른 경우가 많을 거라 짐작했다. 그동안 신인을 한두 번 봐온 그가 아니었으니 기대도 적었다.

'확실히 경험이 있어서인가.'

하지만, 탑보이즈는 달랐다.

다양한 예능프로그램 출연 경험이 있어서인지 묻는 족족 당황하지 않고 답한다.

"......"

서 PD의 시선이 상준으로 향했다.

멤버들이 이따금 막힐 때면 자연스럽게 말을 풀어놓는 멤버. 워낙에 텐션이 좋은 도영도 예능 멤버로는 적합했지만 그런 도영이 실수하지 않도록 멘트의 갈피를 잘 잡아주고 있었다.

"그거 물어봐 봐."

"오르비스요?"

서 PD는 고개를 끄덕이며 스탭에게 지시를 내렸다.

'걔 괜찮던데. 멘트도 잘 치고.'

'무엇보다 엄청 열심히 하거든.'

사실 탑보이즈를 캐스팅한 이유에는 상준 때문이 컸다.

'드라마 인 드라마'의 최서예 작가가 눈독을 들였다는 소식도 들려왔고, '스타들의 레시피'의 친분 있는 PD가 매번 귀에 닳도록 하던 말도 들었다.

'한번 보자.'

그렇기에 한번 시험해 보고 싶어졌다.

"오르비스 팀은 경쟁자로 탑보이즈를 뽑았거든요."

"아."

"어떻게 생각하세요?"

분명 간단한 질문만 한다고 했으면서.

송준희 매니저는 당황한 눈을 끔뻑였다.

"오르비스에서 저희를 경쟁자로……"

상준은 미소를 지으며 천천히 고개를 들었다.

뭔가 이상한 질문이었다.

이 질문을 후에 TV로 접할 시청자들은 그러려니 하겠지만.

'우리가 첫 번째 사전 미팅인데?'

상준은 의도가 빤히 보이는 질문에 적잖이 당황했다.

그건 다른 멤버들도 마찬가지였다. 오르비스의 사전 미팅도 진행하지 않았는데 거기서 자신들을 경쟁자로 뽑았다니.

'물론 이해강 성격상……'

그렇게 말하긴 할 터였다.

말하지 않는다고 해도 스태프들이 그쪽으로 유도할 게 뻔했고.

상준은 애써 침착하게 입을 열었다.

여기서 밀리면 안 된다.

"저희의 목표는……."

"네, 오르비스를 이기는 건가요?"

해맑게 물어오는 스태프.

상준은 두 눈을 반짝이며 단호하게 말했다.

"한우… 입니다."

"아……."

매주 1등 상품인 한우.

상준이 말하는 멘트의 의미를 알아챈 서 PD는 탄식을 터뜨렸다.

'이걸 이렇게 빠져나간다고?'

1등의 의지를 다지면서도 순수한 이미지를 강조한다.

오르비스를 이기겠다는 의미는 동일하지만, 말이 아 다르고 어 다르듯 훨씬 부드럽게 느껴진다.

"제법이네."

서 PD는 피식 웃으며 상준을 바라보았다.

그걸 알 리 없는 상준은 침착하게 멘트를 마무리 지었다.

"드림스트릿을 이겨서 고기를 얻어먹고."

"우승 상품으로 한우도 먹고?"

"네. 태헌이가 한우는 안 사줄 거 같아서요."

"푸흡."

상준의 솔직한 발언에 스태프들 사이에서 웃음이 터져 나왔다.

상준을 시험하려던 서 PD도 그런 스태프들을 따라 웃었다.

"네, 수고하셨습니다!"

탐나는 인재다. 서 PD는 흡족한 미소를 지으며 사전 미팅을 끝내고 돌아서는 상준을 바라보았다. 상준이 대기실을 나서자마자, 그의 입에선 진심 어린 한마디가 튀어나왔다.

"아주 재밌겠는데."

본촬영이 너무도 기대되는 순간이었다.

*   *   *

"긴장돼서 죽겠네."

역시 방송국 놈들의 말을 믿는 게 아니었다.

상준은 고개를 절레절레 저으며 안도의 한숨을 내쉬었다.

마지막에 오르비스를 대놓고 겨냥하는 심층 질문은 너무도 아찔했다. 거기다 대고 해맑게 '이기고 싶어요'를 남발했으면 어떤 결과가 나왔을까.

'딱 이 PD 같은 스타일인가.'

'마이픽' 때문에 트라우마가 생긴 상준은 인상을 찌푸렸다.

"아, 그래도 금방 끝났네."

"상준이 형이 거의 다 대답했잖아."

"그건 맞지."

제법 무난하게 끝난 사전 미팅. 그제야 긴장한 티를 내는 멤버들은 송준희 매니저 쪽으로 쪼르르 달려갔다.

"다들 연습실 가 있을 거지?"

"아. 그래야죠."

본촬영이 얼마 남지 않은 상황이다. 지금쯤이면 경연곡이 정해졌을 테니 미리 연습실에 가서 구성을 맞춰보라는 얘기였다.

상준은 고개를 끄덕이며 나갈 채비를 했다.

그 순간.

"아."

대기실에 지갑을 두고 온 사실이 머릿속을 스쳤다.

"저 대기실 좀 다녀올게요."

"왜?"

"뭐 놔두고 와서요."

"그래. 아래층에서 기다리고 있을 테니까 다녀와."

송준희 매니저에게 말을 전하고는 급히 자리를 뜨는 상준.

지금쯤이면 드림스트릿의 사전 미팅이 진행되고 있을 터였다.

"잘하고 있으려나."

상준은 작게 중얼거리며 대기실에 들어섰다. 팀들끼리 모여 수다를 떨고 있는 출연진들. 아직 사전 미팅을 진행하지 않은 오르비스가 상준을 의식하고 있었다.

'이해강은 어디 갔지.'

가장 날 선 눈빛이 느껴지지 않은 터라, 상준은 의아한 표정으로 지갑을 주머니에 넣었다. 대강 화장실에 갔겠거니 한 상준은 망설임 없이 대기실을 나왔다.

"아, 배고픈데."

오전부터 촬영이 진행되다 보니 여간 배고픈 게 아니다.

작게 중얼거리던 상준의 시선이 빵 자판기로 향했다.

"사 갈까."

출출한 배를 진정시키고자 샌드위치 하나를 사 들고 나서는 상준. 정신없이 복도를 빠져나가던 상준은 가만히 멈춰 섰다.

"잠깐만, 어디였더라."

드넓은 방송국. 송준희 매니저만큼 길치는 아니지만, 생각 없이 걷다 보니 머릿속이 혼란스러워졌다.

'기다리고 있을 텐데.'

상준은 다급한 마음으로 샌드위치를 손에 쥔 채 발을 내디뎠다.

"아, 여기가 아닌가?"

돌아다녀도 지하로 향하는 길이 나오질 않았다.

그렇게 막다른 복도에 다다른 순간.

옆으로 꺾어진 복도 끝에서 소근거리는 목소리가 들려왔다.

"아니, 누가 보면 어떡해."

"지난번에 와봤는데 여기는 스태프들도 잘 안 지나다녀."

"그래서 나 찾아온 거야? 시간 내서?"

"어차피 사전 미팅 시간 남았는데, 뭐."

'뭐지.'

비밀 연애라도 하는 모양인데.

커플들의 대화를 가만히 들으며 상준은 속으로 감탄을 뱉었다.

'겁이 없네.'

사람들이 확실히 안 지나다니는 공간이긴 하다. 하지만, 방송국에서 당당하게 수다를 떨고 있다니. 그렇다고 해서 본인이 상관할 바는 아니다. 상준은 혀를 차며 반대편으로 걸음을 돌렸다. 여기가 막다른 길이라면 반대편으로 가면 되니까.

그렇게 별생각 없이 자리를 뜨려는데.

"어……?"

자리에서 일어난 커플들이 나란히 앞으로 튀어나왔다.

상준이 밖에 서 있을 거라고는 전혀 예상치 못했는지, 양쪽은 제자리에서 멍하니 멈춰 섰다.

"……."

그리고.

툭.

상준의 손에서 샌드위치가 떨어졌다.

"뭐, 뭐야."

그들의 얼굴을 확인한 상준은 입을 떡 벌릴 수밖에 없었다.

손을 꼬옥 잡고 있는 두 남녀.

TV에서 익히 봐왔던 한 여배우의 옆에.

"네가… 왜 여기서 나와?"

오르비스의 이해강이 서 있었다.

*   *   *

상준은 멍하니 서서 해강을 빤히 바라보았다. 비밀 연애를 하다가 걸린 둘의 표정도 볼만했지만, 지금은 그걸 신경 쓸 겨를도 없었다.

충격이 너무 컸기 때문이었다.

"그러니까……."

해강은 다급히 잡고 있던 손을 놓았다.

"이게 그런 건 아니거든."

"아?"

"네가 생각하는 그런 건 아니……."

본인 입으로 말하면서도 말이 안 되는 건 아는 모양이었다.

해강답지 않게 잔뜩 당황한 얼굴로 말을 더듬는다.

그 와중에도 상준의 머릿속에선 막장 드라마의 BGM이 열심히 울려 퍼지고 있었다.

"……."

해강의 옆에 서 있는 여배우는 상준이 TV에서도 익히 봐왔던 여배우였다.

하운이 속한 이에스 엔터에서 유일한 영향력을 자랑하는 떠오르는 혜성.

데뷔 2년 만에 공중파의 주연을 꿰찰 정도로 독보적인 페이스와 연기 실력을 지닌 배우다.

발랄한 분위기와 인사성 밝은 이미지 덕에 상준 역시 개인적으로 좋게 보던 배우였다.

그런데.

'둘이 사귄다고?'

해강이 비밀 연애를 한다는 것.

그거에 크게 놀랄 이유는 없었다. 물론 소속사에서 신인의 경우 연애를 제한하는 경우는 많지만 몰래몰래 하는 경우가 다반사니까.

하지만.

'저분은…….'

'너무 아깝잖아.'

상준은 두 눈을 끔뻑이며 바닥에 떨어진 샌드위치를 주웠다.

충격에 빠진 나머지 더 이상 할 수 있는 말이 없어서였다.

"저는 이만, 이만 가보겠습니다."

"그, 그……."

당황한 탓에 별다른 말도 못 하고 상준을 떠나보내는 해강.

"어엇!"

뒤늦게라도 잡아야 한다는 생각을 한 순간, 이미 상준은 저만치 멀어져 있었다.

'망했다.'

해강이 절망하는 표정으로 주저앉는 동안.

돌아서는 상준의 머릿속에는 하나의 생각밖에 들지 않았다.

'저런 애도 연애를 한다고……?'

*　　　*　　　*

「'아이돌 프로듀서' 사전 미팅 현장 공개, 첫 번째 우승의 주인공은?」
「[포토] '아이돌 프로듀서' 단체 미팅 현장」
「탑보이즈vs오르비스 승자는? 탑보이즈 '드림스트릿'이 라이벌」

─오르비스는 탑보이즈가 라이벌이라는데 ㅋㅋㅋㅋㅋ
　ㄴ그냥 우승이 목표인 탑보이즈 ㄷㄷ
　ㄴ또 싸우냐…….
　ㄴ아니, 그냥 팩트로만 말한 거 ㅇㅇ
─와, 근데 편곡까지 직접 참여하면 탑보이즈가 유리하지 않을까?
　ㄴ에이, 난 우승 후보는 위아영이라고 본다
　ㄴ에이스도 은근 작곡멤 많던데?
　ㄴ신인상 후보들끼리 나란히 모였네 ㅋㅋㅋㅋ
─꺄아아아ㅏ아 벌써부터 기대된다아ㅏ아
　ㄴ왜케 흥분하셨어요

ㄴ기대되니깐요!)(
ㄴ근데 신인이랍시고 나름 쟁쟁한 애들 모아 오긴 했네
ㄴ확실히 공중파 스케일 ㄷㄷ
ㄴ마이픽 욕먹은 거 보고 나이스하게 건수 잡은 거 아니냐?
ㄴ잘만 하면 많이 비교되긴 하겠다

사전 미팅 때 스펙터클한 일들이 있었긴 했지만.
그래도 제법 좋은 결과물들이 돌아왔다.
작업실에서 기사를 찾아보던 상준에게 도영이 불쑥 물었다.
"기사 봐?"
"반응은 나쁘지 않네."
상준은 고개를 끄덕이며 답했다.
사전 미팅 영상이 인터넷에 풀린 뒤로 기사들이 쏟아졌다.
워낙 화제성 있는 신인들이 많이 쏟아지다 보니 기자들의 관심도 이쪽에 많이 쏠린 모양이었다. 오르비스와의 관계를 바탕으로 자극적으로 쏟아내는 기사도 종종 있긴 했지만, 크게 신경 쓰일 만한 내용은 없었다.
"댓글들이 난리 났네."
"그러게. 보란 듯이 이겨야지."
"우진아, 노래 좀 틀어봐."
"네넵! 최종 데모 버전이에요, 이거."
위아영이냐, 드림스트릿이냐, 탑보이즈냐.
다섯 명의 출연진들 중 대중들이 가장 우승 후보로 꼽는 팀은 셋이었다. 그렇기에 탑보이즈 멤버들은 한층 더 사기가 오를 수밖에 없었다.

"일단 오르비스를 이기고."

"태헌이 형한테 고기를 얻어먹고."

"마지막으로 우승까지?"

"좋다. 좋네."

"우진아, 너도 한우 나눠 줄게."

"헉, 좋습니다!"

씩씩하게 답한 우진은 모니터에서 데모곡을 찾아냈다.

정말 이 곡이 경연곡으로 확정될 거라고는 생각도 못 했지만, JS 엔터의 허락까지 받아냈다. 우진은 줄곧 신난 얼굴로 거듭 말을 쏟아냈다.

"혹시 수정하실 부분 있으시면 제가 바로 의견 받아서 수정할게요. 아, 조금 부족한 것도……."

"일단 틀어봐."

"아, 네."

상준은 잔뜩 긴장한 우진을 보곤 피식 웃었다.

그만큼 욕심이 생긴다는 거겠지. 처음 이곳에 왔을 때의 고집스러운 모습과 비교하면 그새 많이도 변했다.

"틀게요."

우진은 떨리는 손으로 마우스를 클릭했다.

그와 동시에 우진의 데모곡이 천천히 흘러나왔다.

"와."

감성적인 피아노 선율.

그 위에 잔잔한 기타 소리가 고스란히 얹어진다. 가요에선 자주 쓰지 않는 바이올린 소리가 한데 어우러지고, 한 편의 오케스트라 공연을 보는 듯한 웅장한 선율이 이어진다.

"소리 추가한 거야?"

"네, 경연곡이니까 좀 더 풍부한 느낌으로."

괜히 음을 더했나 싶어 눈치를 살피는 우진이다.

잠자코 고개를 까닥이던 상준의 입에서 한마디 말이 흘러나온 후에야, 우진은 안심했다.

"좋다."

빈말이 아니었다.

너무 좋았다.

'독특하면서도 대중성을 살렸어.'

상준은 눈을 감은 채 촉촉한 감성에 그대로 빠져들었다.

마치 가랑비와 같았다. 가만히 서서 이 노래를 듣고 있다 보면 저도 모르게 동화된다. 복도에서 홀린 듯 이 노래를 찾아 발을 내디뎠을 때처럼, 상준은 모니터 쪽으로 향했다.

"완벽한데."

"정말요?"

"내가 좀 확인해 봐도 될까?"

"아, 물론이죠. 비켜 드릴게요. 잠시만요. 이거 프로그램 켜드릴까요?"

상준의 쏟아지는 호평에 우진은 그답지 않게 흥분한 얼굴이었다.

상준은 피식 웃으며 마우스를 손에 쥐었다.

"경연곡 스타일로 바꾼 것도 마음에 드는데. 조금만 손을 볼게."

분명 이 자체로 완벽한 곡이다.

하지만, 아쉬운 점이 없다고 할 수는 없었다.

단 한 가지, 이 노래의 아쉬운 점은…….

'한 사람을 위한 노래야.'

이 노래에는 우진의 색이 너무 진하게 담겨 있다.

다섯 명 멤버들을 위한 노래라기보다도 시은 한 명을 위한 곡에 더 가까웠다. 탑보이즈 멤버들에 맞춰 키는 내린 모양이지만, 그것만으로는 조금 부족했다.

'멤버들은 내가 가장 잘 아니까.'

탑보이즈 다섯의 색을 고스란히 담아내기 위한 작업이었다.

상준이 키보드에 손을 얹은 순간, 상준을 살피고 있던 우진의 입에선 탄성이 튀어나왔다.

"와."

「악기의 마에스트로」.

그 전엔 일일이 음을 찍어내는 방식을 썼다면, 이 재능을 체화한 지금은 달랐다. 키보드 위를 정신없이 오고 가는 손놀림과, 음을 재배열하는 능숙함까지.

"이게 이렇게 빨리 된다고……?"

"응?"

"헉."

너무 감탄한 나머지 입 밖으로 말을 뱉어낸 우진은 흠칫했다.

"빠르긴 빠르지."

"괜찮아. 처음엔 다 놀라."

도영은 깔깔대며 우진의 어깨를 토닥였다. 제법 당황한 표정으로 서 있던 우진은 그제야 굳은 얼굴을 풀었다.

"조금… 놀랐어요."

"아, 거의 다 됐는데."

"네?"

"……."

"조금 더 놀랐어요."

우진은 머리를 긁적이며 혀를 내둘렀다.

마스터 키보드를 쓰다 보니 이전보다 훨씬 빨라진 작업 시간이다. 상준은 머쓱한 미소를 지으며 자리에서 몸을 일으켰다.

그 순간.

주머니에서 진동이 울려 퍼졌다.

띠리링. 띠링.

"누구야?"

아까 낮부터 계속 울려 퍼지더만.

상준은 인상을 찌푸리며 휴대전화에서 발신인을 확인했다.

[이해강]

"아."

아까부터 계속 무시하고 있었는데 또 왔다.

그 이유를 짐작하지 못하는 건 아니었지만.

"어지간히 애가 타나 보네."

"탈 만하지."

선우는 피식 웃으며 고개를 끄덕였다.

어제 촬영장에서 돌아오자마자 팝콘을 뜯으며 상준의 얘기를 들은 선우였다. 도영은 상기된 얼굴로 말을 얹었다.

"아니, 근데 진짜 둘이 사귀는 거야?"

"깨가 쏟아지던데."

이에스 엔터의 성유진.

상준은 다시 한번 속으로 눈물을 머금을 수밖에 없었다.

"너무 아깝다고……."

이건 정말 팬심에서 우러나오는 소리였다.

연예인들의 열애설이 터졌을 때 팬들이 슬퍼하는 이유를 이제야 알 거 같았다.

딴 사람이면 몰라도 성유진처럼 연기파에 이미지까지 좋은 배우가…….

"이해강이랑 만나다니."

상준은 한숨을 깊게 내쉬며 혀를 내둘렀다.

성유진과 이해강. 둘 다 인지도가 제법 있는 편이었으니 이 사실이 알려진다면 여파는 상당할 터였다.

"뭐, 그게 죄는 아니다만."

"간이 크긴 크지. 야, 어떻게 방송국 복도에서 딱 걸리냐."

"내 말이. YH는 이거 알려나."

도영과 유찬은 혀를 차며 대화를 주고받았다.

가만히 앉아 있던 제현 역시 두 눈을 굴리며 호기심을 보였다.

"그래서 뭐라고 왔는데?"

제현의 물음에 상준은 피식 웃으며 휴대전화를 들어 보였다.

[야]

[야]

[대답 좀]

"와, 다급해 보이긴 한데 멍청하네."

"그러게."

이 상황에서도 저렇게 재촉만 하고 있다니.

상준은 혀를 차며 짧게 한마디를 보냈다.

[공손하게]

띠링.

[선배님]

"푸흡."

5초 만에 바뀐 태도에 상준은 저도 모르게 웃음을 터뜨렸다.

천하의 이해강이 이런 문자를 보내오다니.

"많이 간절한가 보네."

"걸리면 끝장이지. 하물며 신인인데."

아이돌의 연애에 과거에 비해 많이 유해지긴 했으나, 신인에게
는 아니었다. 데뷔한 지 얼마 되지 않은 신인에게 열애설은 너무
큰 타격이었다.

도영은 배를 잡고 웃으며 상준에게 물었다.

"그래서 어떻게 할 거야?"

굳이 자신이 본 사실을 떠벌리고 다닐 생각은 없었다.

사실 연애를 하더라도 걸리지 않으면 된다.

그런 면에서 해강은 운이 없었을 뿐, 그가 한 행동이 잘못은 아니었으니까.

어느 쪽으로든 타격이 클 게 뻔한데, 굳이 자신의 손으로 다른 이의 인생을 짓밟고 싶은 마음은 없었다.

'그러면 꼭 돌아오더라.'

남에게 악의를 가지면 언젠간 부메랑이 되어 돌아온다는 생각도 한몫했다. 상준은 그렇게까지 하고 싶지 않았다.

다만.

"좀 애타게 놔두자."

"와, 너무했다."

"그럴 만했지."

성유진과 사귄다는 것도 영 언짢긴 하지만 그와는 별개의 이유에서였다.

YH 엔터에서부터 지금까지. 데뷔만 기다리며 간절하게 있던 상준을 늘 비웃어왔던 해강이다. 그때의 감정을 고스란히 느껴 보길 바라는 마음으로.

뚝.

상준은 전원을 꺼버렸다.

"무대 컨셉, 마저 얘기할까?"

"오케이. 좋다."

해강이 보채든 말든 지금 신경 써야 할 건 우승이니까.

마지막 편곡 버전을 들은 상준의 머릿속에선 괜찮은 무대 구성이 쉴 새 없이 떠오르기 시작했다.

"어떤 느낌으로 갈까?"

그건 멤버들도 마찬가지였고.

"이거 제목이 낙엽의 시간이지?"

"어."

"배경으로 나무 홀로그램 하나 띄워주면 어떨까."

"처음에 한 사람 서 있고, 양쪽 계단에서 내려오는 걸로 갈까?"

"그것도 괜찮은데."

다섯이서 머리를 굴리니 막막하게만 느껴졌던 무대 컨셉도 막힘없이 떠올랐다. 거기에 원곡자인 우진의 도움까지.

"괜찮은데?"

"개인적으로는 계단 활용하는 것도 좋을 거 같아."

"퍼포먼스는 과하지 않게 들어가면 될 거 같은데."

"보컬 위주의 곡이니까."

지나친 화려함보단 진솔함을 선택한 곡이다.

열심히 앉아서 아이디어를 메모하는 제현과 머릿속으로 생각을 정리하는 상준.

"양쪽에 계단을 놔두고."

"그렇지."

"뒤에는 배경을 깔고."

"초반 도입부를 도영이가 하면 될 거 같은데."

술술 쏟아지는 계획에 상준은 미소를 지었다.

비록 시간이 많이 남지는 않았지만.

"오케이."

막힘없이 모든 게 풀리는 느낌.

상준은 본능적으로 직감했다.

"잘될 거 같은데."

한우 세트가 이미 코앞에 다가온 기분이었다.

*　　　　*　　　　*

퍼포먼스를 연습할 시간도, 무대를 준비할 시간도 상대적으로 부족했지만 근거 없는 자신감은 샘솟고 있었다.

"완벽하게 다 숙지했지?"

"새벽까지 연습했잖아."

도영은 골골대는 뼈를 맞추며 웅얼거렸다.

'시간이 없으면 시간을 만들면 된다.'

아무리 그래도 자는 시간을 줄여서 시간을 만들어내다니.

상준의 신박한 한마디에 죽어라 연습한 결과, 빠듯한 시간을 간신히 맞출 수 있었다.

그렇게 「아이돌 프로듀서」 경연 당일이 되었다.

"…죽겠네."

"와, 무조건 한우 먹어야 할 거 같아."

"나도."

"단백질이 필요해……. 단백질이……."

양손을 앞으로 뻗은 채 퀭한 얼굴로 중얼거리는 도영.

제현은 흠칫하며 그런 도영을 외면했다.

"형, 지금 조금 무서운 거 알아?"

"좀비 영화 캐스팅 들어올 거 같은 멘트였다."

유찬도 피식 웃으며 일침을 날렸다. 도영은 골골대며 벽에 머리를 기대었다.

그 순간.

벌컥.

대기실의 문이 열리고 오르비스가 들어왔다.

"……."

이번에도 또다시 은근한 기 싸움이 이어지려나.

가만히 앉아 있던 태헌은 둘의 눈치를 살폈다.

그런데.

'뭐야?'

평상시에 해강을 마주하면 영 불편해하던 탑보이즈 멤버들의 기색이 오늘따라 달라 보였다. 웃음을 참는 듯한 도영부터, 해맑게 해강을 바라보며 두 눈을 반짝이는 제현. 마지막으로 콧노래를 흥얼거리는 상준까지.

'다들 왜 저렇게 기분이 좋아 보이지?'

의아한 태헌의 시선이 줄곧 탑보이즈에게 쏠려 있는 동안.

상준은 휴대전화로 기사를 찾아보고 있었다.

오르비스의 출근길 기사였다.

—꺄아아아아아 오빠 ㅠㅠㅠㅠ

─해강 오빠 ㅠㅠ 이쪽 좀 봐줘

ㄴ미쳤다 오늘 사진

ㄴㄹ으로 대박대박 ㅠㅠ

ㄴ허어어어어……. 오빠……. 저는 이 자리에서 죽을 거 같아여……. 심장마비 ㅠ

"이야."

"알고 있을까."

애정 가득한 팬들의 댓글을 보며 상준은 콧노래를 흥얼거렸다.

"너네 오빠는 다른 여자의 오빠라는 것을……."

"선배님."

"아."

어느새 불쑥 다가온 해강.

며칠 간 제대로 연락을 받지 않았으니 애가 탈 만도 했다.

그런데.

"물 드실래요?"

이건 예상을 못 했다.

상준은 두 눈을 끔뻑이며 해강을 바라보았다.

그 딴에는 할 수 있는 최선의 공손함이었을 터였다. 틈이 보인다고 또 도발해 오던 지난번의 해강과는 180도 달라진 모습.

"이건 뭘까."

"……."

자신을 못 잡아먹어서 안달이던 녀석이 저렇게 공손하게 물까지 떠 왔다.

상준은 혼란스러운 표정으로 물잔을 받아 들었다.

그와 동시에, 해강이 낮게 깔린 목소리로 조심스레 말했다.

주변의 눈치를 살피면서도 할 말은 하는 해강이다.

"말하지 마. 말하지 마, 진짜."

"으음, 물이 맛있네."

조금 더 애가 타보라고 상준은 괜히 말을 돌렸다. 해강은 한층 더 간절한 표정으로 강조했다. 거의 들어본 적이 없던 '선배님' 소리까지 더해서 말이다.

"알겠지? 진짜로. 선배님, 한 번만."

"야, 나 그렇게 안 치사하다니깐."

연락을 안 받아서 줄곧 걱정하고 있었던 모양이었다.

상준은 속으로 조소를 머금었다.

이해강이 자신의 입장이었다면 어땠을까.

이 일을 빌미로 삼아 한참을 물고 늘어졌을 게 뻔했지만.

'하지만 알렸을까?'

상준의 대답은 아니다였다.

비록 해강과 자신이 의리를 논할 사이는 아니긴 했지만, 이런 일을 굳이 흘릴 사람은 아니었다.

작은 사생활도 기사화되는 연예계다.

그걸 이용해서 상대방을 짓밟는 건 결코 어려운 일이 아니었지만, 반대로 말하자면 적어도 그 부분에 있어서는 서로 존중한다는 의미였다.

개인의 사생활이 얼마나 소중한지 알고 있으니까.

이해강은 그 정도의 악의를 가지고 자신을 짓밟으려 들기엔 너무도 멍청한 녀석이었다.

자신을 놀리고 물고 늘어질망정, 일을 크게 키울 사람은 아니다.

그래서 자신도 똑같이 하는 것이었다.

이 바닥의 신의가 있으니까.

"됐고."

"네, 선배님."

상준은 혀를 차며 말을 덧붙였다.

"뭐, 삼겹살이라도 사주면 좀 더 고마울 거 같기도 하고."

"뭐 드시고 싶으세… 요?"

원래의 고집 센 태도는 어디로 갔는지 고개만 끄덕이고 있는 해강.

남의 연애사에는 전혀 관심 없다지만.

'재밌네.'

상준은 속으로 웃으며 물 한 모금을 삼켰다.

살다 살다 이해강이 자신에게 쩔쩔매는 모습을 보다니. 지난번 악플 사건 이후로도 한동안 몸을 사리긴 했지만 이 정도는 아니었다.

내색은 크게 안 했지만 속으로는 통쾌했다.

"고깃집 어디로 갈까… 요?"

"아, 촬영 끝나고 결정하는 걸로."

"그럴까… 요?"

난생처음으로 다정하게 대화를 주고받는 상준과 해강.

둘의 사이를 알고 있는 태헌은 놀란 눈을 끔뻑였다.

사건의 내막을 모른 채 멀리서 들려오는 불명확한 대화로는
친밀한 선후배 사이가 따로 없었다.

'그럴 리가 없는데.'

태헌이 아는 한 저 둘은 저렇게 대화를 나눌 사이가 아니었
다.

"고기 너무 맛있겠… 네요. 제가 사드릴게요."

그렇기에 마지막으로 돌아서며 건네는 해강의 말을 들은 순
간.

"에엥?"

뭐야 저 오붓함은.

태헌은 탄성을 내뱉고선 입을 틀어막았다.

'어떻게 된 거야……?'

하지만.

무슨 일인지 제대로 확인하기도 전에.

"자, 탑보이즈와 오르비스 팀부터 리허설 들어갈게요!"

스태프의 목소리가 들려왔다.

*   *   *

"탑보이즈 먼저 촬영 들어갈게요."

"넵!"

드라이 리허설 현장.

카메라도 없는 리허설이긴 하지만, 본무대 못지않게 떨려왔다.

그동안 연습실에서만 죽어라 연습하다 보니 무대에서 합을

맞추는 건 처음이다.

"구성은 생각한 대로 잘 뽑혔겠지?"

"초반에 계획한 대로만 타이밍 맞춰서 모이면 될 거 같아."

도영이 첫 소절을 부르며 중앙에서 감정을 잡은 뒤에, 제현과 상준이 왼쪽에서 걸어 내려오고 유찬과 선우가 오른쪽을 맡는다.

그렇게 두 번째 소절 안에 다섯 멤버가 중앙에 모이는 구성인데.

"막상 중앙 무대까지 길이가 어떻게 될지 모르니까."

"그렇지."

무대에 직접 올라 동선을 확인해 봐야 정확히 알 수 있다.

여차하면 동선을 수정할 수도 있기에 이 드라이 리허설이 멤버들에겐 중요하게 느껴졌다.

상준은 예리한 눈길로 멀리서 무대를 지켜보았다.

배경으로 낙엽이 떨어지는 홀로그램도 자연스럽고, 무대도 예상보다 훨씬 예쁘게 꾸며졌다. 동선만 생각한 구성대로 나온다면야 더 바랄 게 없는 수준이었다.

"가자."

물 한 모금을 입안에 털어 넣은 선우는 멤버들을 무대 위로 끌어 올렸다.

본무대만큼이나 진지한 리허설.

"들어가겠습니다!"

스태프의 신호를 확인하자마자 멤버들은 자리를 잡았다.

"오케이."

일사천리로 자리를 잡은 멤버들을 확인한 스태프가 다시 오케이 싸인을 보냈다.

그리고 이내 쓸쓸한 전주가 리허설장에 울려 퍼지기 시작했다.

「낙엽의 시간」.

낙엽이 바닥 위로 떨어지는 찰나의 순간을 기억한다는 감성적인 가사와 어울리는 피아노 소리가 잔잔하게 깔렸다.

감각적인 피아노 음에 얹어지는 기타 소리.

가운데 선 도영이 감정을 잡고 천천히 입을 뗐다.

나는 기억해요

바닥에 닿아 부스러지던 그 찰나의 순간을

영원처럼 느껴지던 그 순간을

맑으면서도 부드러운 도영의 목소리가 울려 퍼지고.

그다음은 유찬의 랩이 이어졌다.

우측 뒤편에서 중앙 무대로 향하는 계단을 천천히 내려오는 유찬.

감성적인 유찬의 랩이 자연스레 도영의 노래와 뒤섞였다.

'괜찮은데.'

잔잔한 노래라 걱정했던 것도 잠시, 유찬의 목소리가 리허설 홀을 가득 메웠다. 가만히 앉아 있던 스태프들 역시 놀란 눈으로 고개를 들었다.

'리허설 퀄리티가 아닌데?'

리허설이다 보니 대부분 설렁설렁하게 보여주는 경우도 많았다.

사실 그건 탑보이즈도 마찬가지였다.

진지하게 임하고 있을 뿐, 현재 100프로를 온전히 보여주고 있지 않았으니까.

'대강 60프로.'

동선을 체크하고 노래의 성량을 파악한다. 두 가지 목표 위주로 확인하고 있을 뿐, 연습한 걸 모두 쏟아붓고 있지는 않았다.

그럼에도 듣는 사람으로 하여금 감탄이 나오게 하는 무대.

상준은 미소를 지으며 어둠 속에서 고개를 까닥였다.

이번에는 제현의 차례.

나는 믿었어요
겨울이 오지 않을 거라

중앙 무대 위로 빛 한 줄기가 비추고.

유찬의 랩이 끝나자마자 제현의 맑은 보컬이 이어진다.

'생각보다 높네.'

높게 띄워져 있던 장치가 앞으로 향하면서 천천히 내려앉는다.

이대로 중앙 무대로 걸어가기만 하면 되지만 생각보다 높은 높이에 적잖이 당황한 제현이었다.

이를 보던 상준은 중앙 무대로 향하는 연결 지점이 생각보다 많이 어둡다는 사실을 알아챘다.

'이따 말씀드려야 하나.'

계단을 내려가는 동선이다 보니 자칫하면 위험할 염려가 있었다.

물론 제현이 알아서 잘하리라 믿었지만.

상준은 별생각 없이 앞에 선 제현을 바라보았다.

나는 믿었어요
당신이 나를 놓지 않을 거라

제현은 당황했음에도 침착하게 무대를 이어갔다.

천천히 중앙 무대와 연결되는 계단 장치. 제현은 마이크를 켠 채 과감하게 한 발 한 발 내디뎠다.

그 순간.

"어……?"

그런데.

한순간 바닥이 있어야 할 자리에서 느껴지는 싸늘함. 발을 내디딜 곳이 없다는 사실을 알아챘을 때는 이미 늦은 뒤였다.

"…어어?"

중심을 잃고 앞으로 고꾸라지려는 제현.

뭔가 잘못되었다는 사실을 눈치챈 순간.

상준의 귓가에 익숙한 목소리가 울려 퍼졌다.

'지금 어디야? 나 횡단보도 쪽인데.'

잊고 싶어서 묻어두었던 기억.

'지금 오성서울병원 응급실에……'

상준의 생일날, 케이크를 사 들고 오겠다며 해맑게 전화하던 상운의 목소리가 귓가에 선명했다.

나를 만나러 오는 길이 아니었다면.

그 시간에 횡단보도를 건너지 않았었다면.

그럼 그런 사고도 없었을 텐데……

자신 때문에 교통사고를 당한 거라고 수없이 자책했던 상준이다.

더 이상 자책하지 않기 위해 애써 눌러두었던 기억이 스멀스멀 올라왔다.

의식도 없이 병실에 누워 있던 상운의 얼굴이 제현의 얼굴과 겹쳐졌다.

'안 돼.'

막아야 한다.

무슨 일이 있어도 막아야 한다.

본능적인 생각이 상준의 정신을 깨웠다.

낙엽이 떨어지는 찰나의 순간을 기억하듯, 상준은 수없이 상운의 사고를 되새겼다.

같은 상처를 반복하고 싶지는 않았다.

그 과거에 얽매여 사는 건 지쳐 버렸으니까.

일순간 생각을 마친 상준은 저도 모르게 손을 뻗었다.

"제현아……!"

제현을 간신히 붙들었지만 앞으로 쏠린 무게중심 탓에 함께 기울어지는 몸.

"이제현!"

자신이 위험해질 거라는 자각도 하지 못한 채, 상준은 거의 본능적으로 있는 힘껏 제현을 끌어안았다.

"……."

그리고.

깊은 낭떠러지로 고꾸라지는 기분과 함께.

"상준아! 제현아!"

이내 시야가 암전했다.

*   *   *

"상준아… 상준아!"

상준은 무거운 눈꺼풀을 힘겹게 들어 올렸다.

그와 동시에 눈을 찌르고 들어오는 환한 빛이 인상을 찌푸리게 했다.

"어윽……."

상준은 신음 소리를 내뱉으며 몸을 일으켰다.

눈앞을 밝히던 빛이 사라졌을 때쯤에야, 상준은 자신의 앞에 엎드려 있는 게 제현임을 알아챘다.

"괜찮아……?"

온몸이 욱신거리긴 했지만 더한 고통이 없는 걸 보니 제법 멀쩡한 모양.

'살아 있다.'

떨어지던 순간, 상준이라고 무섭지 않았던 건 아니었다.

하지만, 이리도 멀쩡하니 다행이다.

그렇게 속으로 읊조리는데 조승현 실장의 질책이 날아왔다.

"미쳤어? 거기가 어디라고 뛰어들어, 뛰어들기는!"

"아."

리허설 중에 제현이 고꾸라지고, 놀란 상준이 제현을 붙들고 함께 떨어졌다는 소식을 듣고 부리나케 병원으로 달려온 그였다. 그런 상준 덕인지 제현은 크게 다치질 않았지만, 상준은 그 자리에서 의식을 잃었다.

간단한 검사를 받고 난 후, 상준이 깨어날 때까지 근 1시간 동안 제현은 내내 그의 곁에서 울고 있었다.

목이 잠긴 제현의 목소리가 힘겹게 말을 걸어왔다.

"으어어……. 괜찮아, 진짜?"

자신 때문에 그렇게 되었다는 사실에 가장 놀랐는지 제현은 붉어진 눈시울로 훌쩍이고 있었다.

무대에서 고꾸라진 것도 충분히 무서웠는데 자길 감싸느라 함께 떨어진 상준이 기절한 상태라니.

어린 제현에게는 큰 충격이었다.

그런 제현을 간신히 진정시키고, 상준의 상태를 확인해야 했던 조승현 실장이다.

검사 결과, 상준 역시 다행히 기절했던 거에 비해서는 크게 다치질 않았다.

발목은 조금 삐었지만 앞으로의 무대에 큰 지장이 갈 정도는 아니었고, 다리 곳곳에 생채기가 났을 뿐이었다.

하지만, 최악의 상황을 항상 가정해야 했다.

"후우."

조승현 실장은 머리를 짚으며 말을 이었다.

"그러다가 어떻게라도 됐으면 어쩌려고. 무작정 뛰어들면 어떡하냐."

"…죄송합니다."

무려 2m의 높이였다.

크게 다쳤을지도 모를 정도로 위험한 행동이었다는 건 상준도 인정했다.

그런데 그 순간엔 정말 어쩔 수 없었다.

상준은 고개를 푹 숙이며 작게 중얼거렸다.

"상운이 생각이 나서……."

"……"

상준의 한마디에 병실 안이 고요해졌다. 상준을 마저 질책하려던 조승현 실장도 차마 입을 열지 못했다. 상운의 사고는 조승현 실장 역시 익히 들어온 얘기였으니까.

조승현 실장은 두 눈을 질끈 감으며 차분하게 입을 열었다.

"너네끼리 위하는 건 좋아, 그래."

"네……."

"근데 불에 같이 뛰어들진 말라는 소리야."

조승현 실장은 한숨을 내쉬며 덜덜 떨고 있는 제현을 내려다보았다.

"너는 편하겠지만, 얘는 평생 어떻게 살라고."

자신 때문이라고 기절할 듯 울어댔던 제현이었다. 다른 탑보이즈 멤버들 역시 상황은 크게 다르지 않았다.

무대 사고가 종종 있다는 소리는 들어왔지만 신인인 그들이

대처하기엔 너무도 갑작스러운 경험이었다.

그런 상황에서 괜히 서로를 위하겠다며 뛰어들었다간 정말 큰 사고가 날 수도 있었다.

"내가 무슨 말 하는지 알지."

조승현 실장은 낮게 깔린 목소리로 말을 뱉었다.

말은 그렇게 해도 그의 얼굴 역시 하얗게 질려 있었다.

사무실에서 연락을 받자마자 다급하게 이곳으로 달려왔던 조승현 실장이다.

진심으로 걱정돼서 건넨 말이란 걸 알기에 상준은 고개를 끄덕였다.

"…죄송합니다."

너무 자신의 죄책감에만 매여 있었다.

냉정한 소리긴 했지만 조승현 실장의 말에는 틀린 게 없었다.

제현 역시 자신 때문이라는 죄책감을 안고 살아가야 할 테니까.

"그래."

조승현 실장은 상준을 내려다보며 나직이 말을 뱉었다.

잔소리는 이만하면 되었다. 내색은 안 해도 적잖이 놀랐을 테니, 조승현 실장은 상준의 어깨를 토닥이며 말을 뱉었다.

"쉬고 있어라."

"…리허설은요?"

"엉?"

상준의 한마디에 단체로 놀란 눈이 되었다.

"에에?"

아무 생각 없이 목을 축이라며 종이컵을 내오던 송준희 매니저는 그걸 그대로 바닥에 떨구고 말았다. 바짓단을 축축하게 적셔오는 물을 내려다보며 송준희 매니저는 탄식을 내뱉었다.

"아앗."

"……."

"왜, 왜요?"

단체로 자신에게 고정된 시선.

상준은 두 눈을 끔뻑이며 물었다.

조승현 실장은 고개를 저으며 혀를 찼다.

"너는 이 상황에서 그 소리가 나오냐."

"걱정되잖아요. 촬영이 있는데……."

눈물을 줄줄 흘리고 있던 제현도 옷소매로 눈물을 훔쳤다.

아까는 세상 슬픈 표정이었지만 이번에는 충격에 가까워 보였다.

무대에서 고꾸라졌는데도 촬영을 걱정하는 프로페셔널한 자세라니.

혹시 떨어지는 충격으로 머리를 다친 게 아닐까.

잠시 고민하던 조승현 실장은 깨달았다.

'아, 원래 이랬지.'

오히려 촬영을 걱정하지 않았다면 그게 더 이상했을 터다.

조승현 실장은 기가 찬 나머지 웃음을 터뜨렸다.

"촬영은 다음 주로 미뤄졌다."

"저 때문에요?"

"…그럼 할 거라고 생각했냐."

출연진 둘이나 리허설 중에 무대에서 추락했다.

이미 기사가 각종 포털사이트에 도배되어 있었다. 온탑들은 사실 규명이 필요하다며 댓글을 쏟아내고 있었고, 다른 연예인들도 열악한 촬영 환경에 통탄하는 분위기였다.

"난리 났어, 아주. 댓글 확인해 봐."

조승현 실장은 한숨을 내쉬며 가장 메인에 뜬 기사를 클릭했다.

「'아이돌 프로듀서' 리허설 현장에서 추락 사고. 현재 탑보이즈 멤버들의 상태는?」

—지금 병원 이송 되었다는데 정말 괜찮은 거 맞음?

ㄴ아니;; 떨어진 높이가 2m였다잖아

ㄴ그렇게 위험하게 설치한다고?

ㄴ정말 미친 거 아니냐 이건

—아티스트들이 안전하게 공연할 수 있는 사회가 되었으면 좋겠습니다. 이런 사고가 너무 많이 일어나는 거 같습니다.

ㄴ2222

ㄴ333

ㄴㅠㅠ 우리 애들 어떡함. 진짜.

ㄴ얼마나 놀랐을까…….

—다행히 크게 안 다쳤대요. 위에 기사 떴어요!

ㄴ너무 다행이다 ㅠㅠㅠㅠㅠ

ㄴ진짜 너무 놀라서 폰 떨궜자녀… ㅠㅠ

ㄴ흐엉 기사 보고 계속 울고 있었단 말이에요 ㅠㅠ

ㄴ진짜 MBS는 반성하자

"후우."

댓글을 모두 확인한 상준이 휴대전화를 돌려주자마자, 조승현 실장은 짙은 한숨을 내쉬며 말을 뱉었다.

"아마 내일 정식으로 항의할 거야."

"네."

"내가 이 자식들을 그냥……."

아까는 놀라서 상준의 상태부터 확인했지만 생각할수록 괘씸했다.

무대 점검도 똑바로 안 하고, 조명도 제대로 안 비춘 상태에서 위험천만하게 리허설을 진행했다니.

조승현 실장은 분이 풀리지 않는 듯 신경질적으로 휴대전화를 집어넣었다.

"내가 알아서 할 테니까 너네는 너무 걱정하지 말고."

"넵."

"아."

조승현 실장은 상준을 힐끗 돌아보며 입을 열었다.

가장 중요한 질문을 빼먹었기 때문이었다.

"다음 주 촬영은 할 수 있겠어?"

다리 상태라면 크게 문제없었다. 잠시 발목 근육이 놀랐을 뿐, 며칠만 지나도 금세 회복될 거라고 했으니까. 조승현 실장이 걱정하는 건 다른 부분이었다.

"굳이 힘들게 할 필요 없어. 이거 아니어도 좋은 프로그램 많고, 너네가 하기 싫다면 빼도 괜찮으니까. 무리할 필요……."

"할래요."

상준은 고민 없이 바로 대답했다.

이제는 조금 진정한 제현도 마찬가지로 고개를 끄덕였다.

"저도 할래요."

"그러냐."

조승현 실장은 반쯤 체념한 얼굴로 피식 웃음을 흘렸다.

오늘의 일이 트라우마로 남을까 봐 걱정했던 그다.

'그새 많이 컸네.'

그런 조승현 실장의 걱정보다 훌쩍 커버린 탑보이즈 멤버들.

유찬 역시 상준과 제현의 의견에 동의했다.

"저도 뭐, 멤버들이 좋다면."

"저도 자신 있어요."

단체로 자신에게 고정된 시선.

상준은 두 눈을 끔뻑이며 물었다.

조승현 실장은 고개를 저으며 혀를 찼다.

"너는 이 상황에서 그 소리가 나오냐."

"걱정되잖아요. 촬영이 있는데……."

눈물을 줄줄 흘리고 있던 제현도 옷소매로 눈물을 훔쳤다.

누구는 위험천만한 일을 겪고도 겁이 없다고 하겠지만, 멤버들이 무대를 고집하는 이유는 하나였다.

"하고 싶어서요."

상준은 단호한 얼굴로 말을 뱉었다.

「낙엽의 시간」.

멤버들과 다함께 힘겹게 준비했던 무대이니만큼 세상에 선보이고 싶었다.

누가 뭐래도 자신들의 가장 큰 존재 이유들 중 하나는 무대였으니까.

무대 위에서 살아 있음을 느끼고, 무대가 있기에 존재한다.

멤버들의 뜻을 알아챈 조 실장은 굳이 반대하지는 않았다.

"그래라."

조승현 실장은 미소를 지으며 고개를 끄덕였다.

하지만.

"이것들은 확실히 조져야지."

"…네?"

"준희야, 전화 좀 걸어봐라."

"네, 실장님!"

또 같은 일이 벌어진다면, 절대 가만두진 않을 생각이었다.

*   *   *

상대가 대형 방송사이긴 했지만, JS 엔터의 입김은 결코 무시할 수 없었다.

더욱이 MBS에 대한 여론까지 악화되면서 JS 엔터는 MBS 측에게서 사과를 받아낼 수 있었다.

그 때문일까.

일주일 만에 돌아온 촬영 현장. 「아이돌 프로듀서」 제작 팀은 탑보이즈를 퍽 신경 쓰고 있었다.

"리허설 때 확실히 문제없었죠?"

"네, 괜찮았습니다."

"여기 간식들도 챙겨놨으니까 쉬는 타임에 많이들 드세요."

"아, 네네."

상준은 과도한 친절에 몸 둘 바를 모르며 거듭 고개를 숙였다.

리허설 전에도 다섯 번 넘게 체크했고, 후에도 조명이나 기타 장비들에 문제가 있는지 확인했다고 했다.

"괜찮겠지."

상준은 미소를 지으며 제현의 등을 토닥였다.

사실 사고가 일어난 후에 동선에도 큰 변동이 있었다. 혹시 모를 사고를 예방하기 위해 뒤에서 계단을 통해 내려오던 동선도 전부 쳐내고 중앙에서 다섯이 함께 서 있는 걸로 수정했다.

사고가 일어나려야 일어나기도 쉽지 않은 동선이긴 했지만, 과도한 걱정이 문제가 되는 경우는 없었기에 체크하고 또 체크했다.

"구상했던 동선은 아쉽지만 잘해보자."

"오케이."

멤버들은 고개를 끄덕이며 정면을 바라보았다.

"네, 지금 이쪽도 촬영 들어갔어요!"

스태프 한 명이 큰 소리로 외치자마자 대기실의 카메라가 동시에 켜졌다.

카메라의 빨간 불이 실시간으로 돌아가고 있는 상황.

대기실에선 무대를 향한 반응들을 담아낼 예정이었다.

"네, 아이돌 프로듀서! 대망의 첫 번째 무대!"

생방송답게 출연진 소개에만 한 20여 분을 잡아먹은 뒤, 이제야 무대가 시작한다.

상준은 자세를 고쳐 앉으며 대기실 모니터에 집중했다.

"오르비스의 무대가 시작됩니다! 많은 박수와 환호 부탁드립니다!"

오르비스의 무대 순서는 첫 번째. 그리고 그다음은 탑보이즈다.

상준은 침을 삼키며 오르비스의 무대를 긴장한 기색으로 바라보았다.

사전 미팅 때처럼 오르비스와 탑보이즈의 대결 구도를 만들 가능성이 높았다.

그런 의미에서 오르비스가 어느 정도의 무대 퀄리티를 보여줄지는 주시할 필요가 있었다.

'어떤 무대를 펼치려나.'

오르비스의 「Take my life」.

강렬한 전주의 분위기처럼 무대 위로 어둠이 내려앉고, 현란한 조명이 동시에 켜졌다.

오르비스의 리더, 검은 머리가 파워풀한 노래의 시작을 열자마자, 이해강이 미끄러지듯 앞쪽으로 들어왔다.

"으음."

카메라를 의식한 탓에 입가엔 미소를 띠고는 있지만, 무대가 계속될수록 상준은 혼란스러웠다.

'난잡한데.'

대중가요의 특징을 충실하게 반영한 중독성 강한 후크와 절도 있는 동작.

꾸밈은 그럴듯한데 속이 빈 기분이다.

게다가.

'어우러지질 않아.'

YH 엔터 시절 해강은 자신을 꾸준히 무시해 왔다. 그 역시 B팀의 연습생이기에 데뷔조에 비해 수준이 우월하다고 볼 수는 없었지만, 그 당시 상준의 눈에는 꽤나 실력파처럼 느껴졌다.

실제로 해강의 실력은 크게 퇴화하지 않았다. 아니, 오히려 경험과 함께 성장했다.

그 덕에 데뷔조까지 올랐을 테고.

하지만, 문제는 전혀 다른 데에 있었다.

'경쟁심.'

그것이 탑보이즈를 향한 건지, 멤버들 서로를 향한 건지는 알수 없지만.

지나친 경쟁심 때문에 너무도 난잡한 무대가 만들어지고 있었다.

너무 시끄럽기만 하고 감동은 없는 뻔한 무대.

3분 48초의 무대가 끝나고 조명이 암전되었다.

귓가를 정신없이 울려댔던 조화롭지 못한 노래도 사그라들었다.

"으음."

"네, 오르비스 팀의 무대 잘 봤는데요."

「아이돌 프로듀서」는 심사 위원단 점수 30프로, 현장 관객 30프로, 문자 투표 40프로로 경연 성적이 정해지는 방송이다. 거의 대부분을 생방송 시청자들에게 맡겼던 '마이픽'과는 큰 차이가 있었다.

그렇기에 심사 위원단의 반응도 중요했다.

"……."

국내 톱 3 엔터로 꼽히는 SG 엔터테인먼트의 서중환 대표.

솔로 남자 가수로 20년을 버텨온 강이현. 마지막으로 2000년대 초반을 휩쓸었던 유명 걸 그룹의 김봄까지.

상준은 쟁쟁한 심사 위원들을 바라보며 침을 삼켰다.

자신에겐 분명 아쉬웠던 무대다. 저 무대를 어떻게 평가하느냐에 따라 탑보이즈에게 향할 기준점이 바뀔 터였다. 앞선 무대의 성적에 상대적으로 영향을 받을 수밖에 없으니까.

오르비스 멤버들은 일렬로 서서 심사 위원들의 멘트를 기다렸다.

해강이 유난히 긴장한 기색으로 두 손을 모으던 순간.

"네, 제 점수는요."

SG 엔터테인먼트의 서중환 대표가 마이크를 들었다.

＊　　　　＊　　　　＊

"37점입니다."

서중환 대표의 한마디에 관객석이 이내 술렁였다.

일반인들의 시선에서는 적당히 흥에 겨운 무대. 첫 번째 무대였기에 서중환 대표의 기준을 확실히 알 수는 없었지만 100점 만점인 상황에서 결코 높은 점수라고 볼 수는 없었다.

"으음."

문제는 옆에 앉아 있던 심사 위원들도 비슷한 점수를 내놓았다는 것이었다.

강이현은 56점, 김봄은 62점.

서중환 대표보다야 높았지만 오르비스가 기대했을 점수와는 거리가 멀었다.

서중환 대표는 예리한 눈빛으로 말을 이었다.

"전반적으로 지나치지 않았나, 하는 생각이 듭니다."

"저도 동감합니다."

"분명 화려하긴 한데 가슴에는 와닿지 않는 그런 무대였던 것 같습니다."

서중환 대표 역시 상준과 비슷한 생각을 했던 것이 분명했다.

해강은 굳은 얼굴로 두 손을 공손히 모았다.

"다음 무대는 더 열심히 준비하겠습니다."

"네, 기대할게요."

첫째 주는 아니지만, 두 번째 주부턴 하위 1팀이 탈락하게 된다.

그때도 오늘 같은 점수를 받게 된다면 정말 조기 탈락을 하게 될지도 몰랐다.

데뷔 이후로 나름 순항을 이어왔던 오르비스다.

이런 박한 평가가 당황스러울 따름이었다.

"네, 다음 무대 준비해 주세요."

하지만, 연예계는 「아이돌 프로듀서」보다 훨씬 냉정하다.

오르비스의 색을 전혀 찾아낼 수 없었던 서중환 대표의 냉철한 한마디는 진심이었다.

상준은 축 처진 어깨로 무대를 내려오는 오르비스 멤버들을 물끄러미 바라보았다.

"와, 너무 무서운데."

"진짜 직설적이네."

"우리도 털리면 어떡하지."

"에이, 열심히 했잖아."

상준은 침착한 표정을 유지하고 있었지만 도영은 이미 호들갑을 떨고 있었다.

앞 순서의 무대가 별로였다는 건 상대적으로 좋은 일이었지만, 예상보다 평가가 훨씬 박했기 때문이었다.

이제는 정말 탑보이즈의 차례.

오르비스가 무대를 내려가자마자 서중환 대표는 한숨을 내쉬며 말을 뱉었다.

"생각보다 기대 이하인데."

"신인이니까요."

"아직은 좀 부족한 면이 보이긴 하는데……."

강이현도 서중환 대표의 말에 공감하긴 했지만 크게 실망한 기색은 아니었다.

데뷔조인 애들이나 주로 봐왔을 소속사 대표 서중환과는 달리, 연습생 시절부터 다양한 연습생들을 봐왔기 때문이었다. 부족한 점이 있다는 데는 동감했지만, 애당초 신인에게 큰 기대를 하진 않았다.

하지만, 서중환 대표는 달랐다.

'탑보이즈.'

최근 신인 중에서도 압도적인 화제성으로 기대를 모으고 있는 아이돌그룹이다.

자신의 소속인 SG 엔터 못지않게 전통 있는 JS 엔터에서 내놓은 야심찬 보이 그룹이기도 하고.

서중환 대표는 마지막으로 한번 기대를 걸어보기로 했다.

"두 번째 팀, 탑보이즈의 무대 시작하도록 하겠습니다!"

사회자의 목소리가 울려 퍼지자, 서중환 대표는 팔짱을 끼며 몸을 뒤로 젖혔다.

한번 보자고.

"얼마나 잘하는지."

*　　　　　*　　　　　*

"후."

상준은 짧은 한숨을 내쉬며 무대 위에 섰다.

리허설 때처럼 어둠이 내려앉은 무대긴 하지만, 그때와는 달리 조촐해진 무대장치가 한층 스케일을 줄여놓았다. 원래는 저벅저벅 걸어오며 내뱉었을 가사도, 단 몇 걸음으로 보폭이 줄어들 예정이었다.

하지만.

'왜 이렇게 자신감이 생기지.'

이 무대를 제대로 뒤집어엎어 놓을 거 같은 기분.

그 설레는 기분을 내려놓기도 전에, 「낙엽의 시간」의 전주가 울려 퍼졌다.

디디링.

잔잔하면서도 서글픈 전주가 시작되자마자 무대 위의 홀로그램이 아름답게 움직인다.

낙엽이 떨어지는 것처럼 감각적인 배경을 뒤로하고, 도영의 맑은 목소리가 홀을 울렸다.

나는 기억해요
바닥에 닿아 부스러지던 그 찰나의 순간을
영원처럼 느껴지던 그 순간을

가운데 선 도영은 차분한 목소리로 조곤조곤 가사를 읊어나갔다.

'이 노래에 중요한 건……'
'뭔데?'
'단어야.'

한 단어, 한 단어에 담겨 있는 뜻.

상준이 「낙엽의 시간」에서 강조했던 건 바로 그 찰나의 시간이다.

사소한 디테일조차 놓치지 않고 감정을 싣는 것.

그것이 바로 이 노래의 핵심이었다.

"……"

상준이 건넸던 한마디를 잊지 않고 살려서일까.

도영의 목소리엔 힘이 있었다.

"와."

보는 사람으로 하여금 무대에 빨려들어 가게 할 것만 같은 보이스.

서중환 대표는 저도 모르게 탄성을 뱉었다. 하지만, 놀랄 일은 거기서 끝이 아니었다.

이제 겨우 도입부였을 뿐이니까.

도영의 머리를 비추던 흐릿한 조명이 유찬에게로 향했다.

감성적인 유찬의 랩과 이어지는 제현의 보컬.

하나, 둘, 셋.

그리고 마침내 다섯 명을 비추는 조명.

조명이 하나씩 켜질 때마다 관객석에선 거듭 탄성이 튀어나왔다.

'이때다.'

상준은 조금씩 달아오르는 관객석을 지그시 바라보며 마이크를 손에 쥐었다.

「신이 내린 목소리」.

슬픈 노래엔 유난히도 어울리는 이 재능이 빛을 발할 때였다.

왜 그 손을 놓았나요

겨울이 오지 않을 거라 속삭이던 당신은

줄곧 입을 벌리게 만들었던 탄탄한 보컬들.

그것만으로도 충분히 즐거워하고 있던 서중환 대표는 두 눈을 끔뻑였다.

'뭐지, 이건.'

실력파인 가수들을 한두 번 봐온 게 아니다.

놀라올 정도의 고음과 탄탄한 가창력으로 서중환 대표를 놀라게 한 가수는 한둘이 아니었다.

그런데.

데뷔한 지 1년도 되지 않은 신인이 이런 전율을 가져다준다고?

"아니……."

서중환 대표는 눈앞에 펼쳐지는 광경을 믿을 수 없었다.

기교가 특별히 엄청나서, 가창력이 확실해서도 아니었다.

'감정.'

한 단어 한 단어가 살아 숨 쉬는 기분.

그에 숨을 다시 불어넣은 건 멤버들의 퍼포먼스였다.

유연하게 허공을 가로지르는 동작.

상준이 손을 뻗자 다섯 명이 하나가 되어 천천히, 그리고 조심스럽게 움직이기 시작한다.

나는 믿었어요
겨울이 오지 않을 거라

필요한 부분은 절도 있게 움직이면서도 동작에 끊김이 없다.

하나일 때 불분명해 보이던 퍼포먼스는 다섯이 모이자 형체를 이루었다.

그 모습이 마치 스러지는 낙엽을 눈앞에서 보는 것처럼 생생했다.

"이야."

억지로 꾸며낸 감정이 아니라 한 편의 드라마를 보는 듯한 몰입감.

겨우 4분 남짓의 무대에서 이런 연출을 만들어낼 수 있을까.

아이돌 출신의 김봄은 혀를 내둘렀다.

놓지 말아줄래요
한 번만 잡아줄래요
떨어지지 않도록
겨울이 멀어지도록

중독성 있는 후렴구와 깔끔한 고음 처리까지.

'이게 애들이 만든 거라고?'

무대 연출부터 편곡까지. 전부 탑보이즈가 관여했다고 들었던 서중환 대표는 놀랄 수밖에 없었다. 자신이 기대하던 실력보다도 훨씬 웃도는 무대.

놓지 말아줄래요

끝까지 사람을 홀리게 만드는 상준의 보이스와 함께.

은은하던 조명은 다시 암전했다.

"……."

그와 동시에 잔잔하게 흐르던 선율도 흔적 없이 사라져 버렸지만.

무대를 지켜보던 사람들은 쉽게 입을 떼지 못했다.

'말도 안 돼.'

이런 무대를 눈앞에서 보다니.

처음 발라드 선율이 흘러나왔을 때만 해도 쉬어가는 파트라 생각하며 크게 동요하지 않았던 관객들이었다.

그런데 아니었다.

저 잔잔한 선율에 멤버들의 감정이 실린 순간, 모두들 무대에 빠져들고 만 것이었다.

이 충격적인 무대 앞에서 모두들 침묵에 잠긴 것은, 아직 그 여운에서 헤어 나오지 못했기 때문이었다.

그리고, 그 여운을 떨쳐낸 순간.

"와아아아아악!"

"탑보이즈! 탑보이즈! 탑보이즈!"

"꺄아아아!"

공연장 가득 함성 소리가 울려 퍼졌다.

*   *   *

"와……."

서중환 대표는 눈이 높았다.

수많은 톱 아이돌들을 그의 손으로 키워냈고, 재능 있는 친구들이라면 수없이 봐왔다.

그렇게 눈이 높은 사람이……

"100점……?"

"100점이라고?"

"와, 미친 거 아니야?"

서중환 대표 앞에는 그가 줄 수 있는 최고의 점수가 띄워져 있었다.

"…어?"

깐깐하기로 유명한 그가 저런 점수를 내놓았다는 사실에, 대기실에서 기다리고 있던 출연진들은 크게 동요했다. 태헌은 두 눈을 끔뻑이며 연신 감탄만 내뱉었다.

"대박이다, 진짜."

하지만, 인정할 수밖에 없었다.

100점짜리 무대에 100점을 준 것이었다.

"아니, 두 번째부터 저러면 우린 어떡하라고."

위아영의 리더 형빈은 심각한 얼굴로 중얼거렸다.

위아영뿐만 아니라 에이스와 드림스트릿도 비슷한 반응이었다.

탑보이즈와 나란히 우승의 유력 후보로 꼽혔지만 지금은 벌써 승부가 결정 난 기분이었다.

"진짜 무대를 제대로 찢어놨네."

태헌은 해탈한 얼굴로 피식 웃음을 흘렸다.

며칠 전부터 줄곧 경연에 매달려 있을 때 짐작하긴 했었다.

천재가 저리도 열심히 하면 분명 일을 치고 말 거라는 걸.

예상대로였다. 제대로 일을 치고야 만 탑보이즈. 태헌은 머리를 짚으며 작게 중얼거렸다.

"고기 내기는 왜 한 거지."

지갑만 탈탈 털리게 생겼다.

태헌이 깊은 한숨을 내뱉는 사이, 서중환 대표 다음으로 김봄이 마이크를 집었다.

"와, 또 100점이라고?"

"게임 끝 아닌가요, 이거?"

서중환 대표와 마찬가지로 만점을 띄워놓은 김봄. 게다가 옆에 앉아 있던 강이현의 점수 역시 같았다. 사회자는 흥분한 목소리로 다급히 멘트를 뱉어냈다.

"와, 세 명의 심사 위원 모두 100점을 준 무대였습니다! 이런 점수가 다시 나올까 싶은데! 정말 역사적인 무대, 탑보이즈가 선보여 주었습니다!"

사회자의 호들갑이 싫지 않다는 듯 미소를 지어 보이는 김봄.

카메라만 아니었다면 그녀 역시 비슷한 반응을 보였을 터였다.

한 가지는 확실했다.

그녀의 손이 무의식적으로 100점을 누른 이유.

"완벽했으니까요."

"와아아아악!"

"100점! 100점! 100점!"

비록 관객석 점수와 문자 투표 점수가 남은 상황이긴 하지만, 지금의 반응을 보았을 땐 크게 다를 거 같지 않았다. 연이은 칭찬에 탑보이즈의 얼굴이 환하게 밝아졌다.

"대박, 대박."

"꺄아아아아아아!"

스스로가 평가해도 만족스러운 무대였다.

상준은 함성 소리를 들으며 미소를 지었다.

"네, 다음 무대마저 이어서 보도록 하겠습니다! 아까의 여운이 가시질 않는데요. 이 분위기를 이어줄 또 하나의 팀!"

무대 위에서 사회자가 진행을 이어가는 동안.

"수고하셨습니다!"

"감사합니다! 수고하셨어요!"

탑보이즈는 스태프들의 환호를 받으며 무대를 내려갔다.

도영은 건네받은 물병을 신나게 흔들며 소리 없는 아우성을 내질렀다.

"왜 그래? 그게 무슨 야광봉이야?"

"와, 기분 좋으니까 그러지."

"한우가 가까워진 기분인데."

"한우······. 맛있겠다."

리허설 사고 때부터 시작부터 걱정했었던 무대였다.

제현은 이제야 해맑은 얼굴로 웃어 보였다.

"한우."

"그래, 오늘 결과가 어떻든 한우 먹자."

"좋다. 좋다. 상준이 형이 쏜대."

"…네?"

제현을 토닥이고 있다 벼락을 맞은 상준은 두 눈을 끔뻑였다.

"누구세요?"

"에이, 새삼스럽게."

도영은 장난스러운 눈빛을 보내며 이미 다 안다는 듯 덧붙였다.

"벌써 예약해 놨지……?"

"진짜 누구세요."

상준은 기겁하며 혀를 내둘렀다.

어찌 되었든 기분은 좋다. 관객들이 함성을 질러줄 때, 진심으로 살아 있음을 느꼈기 때문이었다.

예전엔 무대에 그토록 오르고 싶어 했었는데, 이젠 무대 없이는 못 살 것 같다.

상준은 온몸을 휩쓴 전율을 되새기며 물 한 모금을 들이켰다.

"대기실로 가서 대기하면 되지?"

"어엉."

"태헌이 무대 좀 각 잡고 봐야겠다."

"지금 고기 얻어먹을 수 있나 없나 견적 보는 거지?"

"정답!"

"이야, 치밀한 거 봐."

무대도 만족스럽게 끝났고, 긴장할 타이밍도 끝이 났다.

선우와 함께 농담을 주고받으며 대기실로 들어서려던 때였다.

"잠깐만."

"어?"

탑보이즈의 앞 순서였던, 진작에 대기실에 들어가 있었어야 했을 얼굴이 복도 벽에 기대서 있었다.

이해강, 그가 갑자기 다가와 상준의 팔을 붙들었다.

"뭐야."

상준은 인상을 찌푸리며 한 걸음 뒤로 물러섰다.

평상시에 시비를 걸어오던 그 재수 없던 눈빛은 어디로 가고, 다급히 상준을 필요로 한다는 표정을 하고 있었다.

'또 비밀 연애 때문인가.'

이해강이 자신을 불러낼 만한 이유가 그것 외엔 없었다.

상준은 해강의 손을 쳐내며 짜증 섞인 목소리로 말을 뱉었다.

"아니, 정말 그 얘기는 어디 가서 말 안 한다니까."

"그게 아니라."

그게 아니라고?

상준은 당황한 낯빛으로 두 눈을 끔뻑였다.

강렬하게 빛나는 해강의 눈빛에서, 순간 간절함이 스쳤다.

그리고.

전혀 예상치 못했던 한마디가 튀어나왔다.

"말해줘. 아까 내 무대가 어땠는지."

제4장

조언

"뭐?"

상준은 당황한 얼굴로 눈썹을 들어 올렸다.

다른 사람이면 몰라도 자신에게 무대에 대한 감상을 묻다니. 당연히 비밀 연애 건에 대해 말할 줄 알았던 해강의 입에서 생뚱맞은 소리가 흘러나오자, 상준은 무슨 소리냐는 듯 되물었다.

"네 표정을 봤어."

그런 상준에게 돌아온 말은 한층 더 의미심장한 말이었다.

여전히 혼란스러워 보이는 상준을 힐끗 바라본 해강이 물어왔다.

"뭔 생각을 했던 거야?"

"내 표정?"

"탐탁지 않다는 표정."

해강은 미간을 찌푸리며 말을 이었다.

처음엔 트집 삼아 헛소리를 지껄이는 거라 생각했는데, 이어지는 말을 보니 그답지 않게 진지했다.

"처음에는 내가 싫어서. 망하길 바라서 그런가 싶었는데."

"대체 내 이미지가……."

"지금 생각해 보니 그게 아니라서."

해강은 침을 삼키며 상준을 빤히 바라보았다.

이런 말을 꺼내는 것 자체가 자존심이 상했었다.

YH 엔터에서 상준은 누가 뭐래도 불량품 같은 존재였으니까.

애당초 JS 엔터에 들어간 것도 운이 아니었나 싶을 정도로.

그래서 인정하고 싶지 않았다.

마이픽 때의 상준을 TV에서 봤을 때에도, 데뷔하고 나서 음악방송에서 마주쳤을 때에도.

그런데 왜일까.

해강은 상준이 지은 표정의 의미가 궁금해졌다.

해강은 다그치듯 상준을 향해 물었다.

"곡이 마음에 안 들었던 거잖아. 아니야?"

그런 해강의 물음에 상준은 다시 인상을 찌푸렸다.

무슨 말을 자신에게 듣고 싶었는지는 몰라도 다짜고짜 몰아붙이는 이유를 알 수 없어서였다. 상준은 한숨을 내쉬며 해강을 바라보았다.

"나 바빠. 지금은 방송 중이고, 드림스트릿 애들 경연 시작할 시간이거든. 가서 고기 뜯어먹으려면……."

"……."

"됐고, 무슨 말이 하고 싶은 건데."

신박한 방법으로 또 시비를 걸어온다고 생각했다.

그렇게 단언하고 있던 상준의 입을 열게 한 것은 해강의 솔직한 한마디였다.

"내가 만든 곡이거든."

"뭐……?"

이건 예상하지 못했다.

상준은 두 눈을 끔뻑이며 입을 떡 벌렸다.

'난잡한 곡.'

비록 난잡하다고 표현하긴 했으나, 제법 프로의 솜씨가 묻어나던 곡이었다. 그걸 해강이 만들었을 줄은 몰랐기에 놀랄 수밖에 없었다.

'시비만 거는 줄 알았건만.'

나름 작곡까지 하고 있을 줄은 예상도 못 했다.

상준은 턱을 쓸며 해강을 유심히 바라보았다.

장단점이 명확한 곡.

상준이 느꼈던 「Take my life」의 특징은 그랬다.

화려한 퍼포먼스로 관객들의 시선을 사로잡았지만, 지나치게 난잡했다. 문제는 이 곡이 지닌 단점이 장점을 묻어버렸다는 것이었다.

"으음."

해강의 담담한 눈길이 상준을 향했다.

상준은 다른 멤버들을 먼저 들여보내고선 입을 열었다.

구성은 제법인 이 곡이 단점으로 점철된 이유.

상준은 그 이유를 알아챘다.

"너무 욕심을 부렸기 때문이야."

"…욕심?"

상준이 오르비스의 무대를 보고 느낀 점은 하나였다.

이 곡의 주제가 '경쟁심'이라는 것을. 물론 실제 주제야 당연히 다르겠지만, 오르비스의 무대를 처음 봤을 때 경쟁심만이 확연하게 느껴졌다.

"이기려는 마음이 너무 강했거든."

"아."

해강은 굳은 얼굴로 고개를 숙였다. 핵심을 짚는 듯한 상준의 한마디에 반박할 수가 없어서였다.

'이겨야 한다.'

이 경연을 준비하는 동안 해강의 머릿속에 가득했던 것은 오직 그 생각뿐이었다. 자신이 상준을 누를 수 있는 정식 기회라고 생각했으니까.

그렇기에 자신이 배운 얕은 작곡 지식을 전부 쏟아부은 곡이 바로 이 노래였다.

강렬하고 중독성 있는 도입부로 시작을 열고, 만족스러운 후크를 넣어 기억에 남게 한다. 그리고 눈을 뗄 수 없을 정도의 화려한 무대를 선보여서 관객들의 시선을 사로잡는다.

그게 바로 해강의 계획이었다.

하지만.

상준은 고개를 저으며 말을 이었다.

"곡을 만드는 데 있어서 가장 중요한 게 뭔지 알아?"

"……"

"버리기."

너무 많은 욕심이 담겨 있었다. 그 욕심들을 전부 끌고 가다 보니 이리도 난잡한 노래가 만들어진 것이었다.

"곡은 네 머릿속에 그린 모든 것들을 욱여넣는 게 아니라, 하나씩 버려가는 거야."

"……"

"핵심만 남도록."

그게 상준이 할 수 있는 최선의 조언이었다.

'핵심만.'

해강은 멍한 눈길로 상준을 바라보았다.

망치로 머리를 맞은 것처럼 중요한 무언가를 깨달아 버린 기분이었다.

'화려해야 해. 눈을 뗄 수 없어야 해. 중독성 있어야 해.'

'후크 부분은 잘 뽑았어?'

'사이가 비는데?'

'야, 여기서 비면 루즈해지잖아. 텐션 잡아야 할 거 아냐.'

작곡에 대해 조금이라도 안다고 생각했다.

그래서 이 곡에 자신이 아는 모든 걸 다 쏟아붓겠다고 생각했다.

'너무 과했던 걸까.'

해강은 아무 말 없이 우두커니 섰다.

곡을 생각한 것이 아닌 경연만 생각했기에, 기초적인 것들을 등한시하게 되었던 첫 번째 경연.

"……."

쾅.

문을 닫고 사라져 버리는 상준의 뒷모습을 바라보며.

해강은 한참 동안 멍하니 서 있었다.

*　　　*　　　*

큰 실수 없이 무난하게 끝낸 드림스트릿의 무대 뒤로 에이스의 무대가 이어진 다음, 마지막 순서는 위아영이었다. 탑보이즈 못지않은 우승 후보로 꼽히는 위아영의 무대.

"확실히 잘한다."

신인이라고는 믿을 수 없을 정도로 능숙한 무대 매너.

대형 소속사인 SG 엔터 소속이어서 그런지 노래의 퀄리티도 무대의 구성도 좋았다. 위아영이 직접 참여했다고는 하지만 소속사의 손길이 들어가긴 했을 거란 생각이 들었다.

"네, 위아영의 멋진 무대가 끝났습니다!"

평가는 세 심사 위원 모두 80점 이상.

탑보이즈 다음으로 높은 심사 위원 점수를 얻어 간 위아영이었다.

"와, 떨린다."

남은 건 문자 투표와 방청객 점수인데, 사실 그 점수만 계산해 봐도 비중이 상당했다. 심사 위원 점수에서 탑보이즈가 우위였다고 해도 1등을 확신할 수 없는 이유였다.

드림스트릿도 마찬가지였다. 무난하게 좋은 무대를 선보였고, 3년간 이어온 팬층을 생각하면 결코 무시할 수 없는 우승 후보임이 분명했다.

"나 아직 고기 포기 못 했다."

"난 이미 마음속으로 불판에 고기 올렸는데."

대기실에서 나와 무대 뒤편에 선 출연진들.

이제 남은 건 순위 발표뿐이기에 투닥대는 말이 오고 갔다.

태헌의 도전적인 말에 상준은 자신감으로 받아쳤다.

태헌은 혀를 차며 고개를 저어 보였다.

"야, 너는 벌써 그렇게 김칫국을 드링킹 하냐. 3등 하면 어쩌려고."

앞말은 큰 소리로 말했지만 뒷말은 눈치를 보며 속삭이는 태헌이었다. 에이스는 비교적 인지도가 작았고, 오르비스는 심사 위원의 비평을 몰아 받았다. 사실상 그 둘의 꼴등 싸움일 뿐, 3위권은 크게 걱정하지 않고 있었기 때문이었다.

상준은 피식 웃으며 태헌에게 물었다.

"근데 꼴찌 벌칙 뭐야?"

1등 상품은 한우다. 그거에만 집중하고 있다 보니 꼴찌에 대해선 기억나는 바가 없었다. 둘째 주 촬영부터는 한 팀씩 떨어질 테지만, 첫 번째 방송에서는…….

"나 들었어! 들었… 억, 켁… 켁!"

"야, 좀 천천히 말해라."

쉬는 시간을 틈타 빵을 욱여넣고 있던 도영이 사례가 들린 채 오두방정을 떨었다. 간신히 물을 넘긴 도영은 의미심장한 눈빛으로 말을 이었다.

"길거리 버스킹 한대."

"길거리 버스킹?"

도영의 말을 들은 상준의 머릿속엔 흑역사가 스쳐 지나갔다.

'예에에! 얼쑤!'

'은수야, 멋있어!!!! 한 바퀴 더! 한 바퀴 더!'

'지금 108배 하는 거야……?'

공약 한번 잘못 내걸었다가 홍대 한복판에서 108배를 이행해야 했던 영 좋지 못한 기억. 상준은 두 눈을 질끈 감으며 이어지는 도영의 말을 들었다.

"버스킹에서 뭐 할지를 1등 팀이 정해주는 거래."

"와."

이건 좀 구미가 당긴다.

상준은 두 눈을 반짝이며 도영에게 물었다.

"108배 이런 거 시켜도 되는 건가?"

"되지 않을까?"

"벌써부터 막 기대되는데."

"어억, 너무한 거 아냐?"

도영은 깔깔대며 배를 움켜잡았다. 현재로서는 가장 유력한 꼴등 후보가 오르비스다. 상준은 속으로 콧노래를 흥얼거리며 어깨를 으쓱였다. 그 순간, 문득 아까 해강이 보냈던 눈빛이 떠올랐다.

'걔는 갑자기 그걸 왜 물은 거지?'

떨어질까 봐 이제야 걱정되었던 걸까.

해강의 의도를 알 수 없었던 상준은 생각에 잠겼다.

그때, 상준의 상념을 깨우는 제작진의 목소리가 울려 퍼졌다.

"순위 발표하도록 하겠습니다!"

"순위 발표한대."

"와, 벌써 떨려."

꺼져 있던 카메라의 불이 켜지고 출연진들은 제작진의 안내에 따라 무대 위로 올라섰다.

"꺄아아아!"

"네, 아이돌 프로듀서 1주 차 무대. 심사 위원 점수와 방청객 점수, 문자 투표 점수를 모두 합산한 결과가 나왔습니다."

"와아아아악!"

탑보이즈 멤버들은 긴장한 기색으로 두 손을 모았다. 꼴등은 안 할 거라는 확신이 있었지만 이렇게 된 이상 1위를 거머쥐고 싶어서였다.

"이제 순위 발표를 하도록 하겠습니다."

사회자가 의미심장한 목소리로 입을 열자 방청석 곳곳에서 수군대는 소리가 새어 나왔다.

"1등 누가 할 거 같아?"

"위아영 아냐?"

"솔직히 탑보이즈지."

"팬덤은 비슷비슷하잖아."

"드림스트릿도 괜찮았는데, 난."

세 그룹의 특색이 다 다르다 보니 쉽게 단정 지을 수가 없었다.

3년 차이기에 팬덤이 튼튼해서 문자 투표에 유리한 드림스트릿.

신인이지만 폭발적인 무대를 선보인 위아영과 탑보이즈.

"꼴찌는 오르비스려나."

"에이, 이건 에이스지. 팬덤에서도 밀리는데."

그리고 남은 두 팀까지.

한 치도 예상할 수 없는 순위 탓에 방청석에도 긴장감이 맴돌았다.

잠시 뜸을 들이던 사회자가 마침내 입을 열었다.

"먼저 4위!"

"두구두구두구"

"으어어어……."

"위아영입니다!"

무조건 3등 안에 들 거라고 생각했던 위아영.

태헌은 두 눈을 끔뻑이며 옆에 선 상준의 어깨를 툭툭 쳤다.

"와, 뭐야."

실수도 없었고 제법 반응도 좋았던 위아영이 4등이라니.

예측할 수 없는 순위에 방청석은 다시 웅성거리기 시작했다.

"나는 당연히 3등 할 줄 알았는데."

"은근 타 팬들 많다니까."

"이거 진짜 한 치 앞도 모르겠다."

사회자는 한층 더 뜸을 들이며 말을 이었다.

"이어서 3위 발표하도록 하겠습니다."

"3위는……. 에이스!"

"꺄아아아아!"

상대적으로 팬덤이 약했던 에이스가 3위 안에 들다니.

상준은 침을 삼키며 다음 순위를 기다렸다.

심사 위원단의 점수가 좋다 해서 마냥 안심하고 있을 수만은 없었기 때문이었다.

"떨려······. 너무 떨려."

"다음으로 2위 발표하겠습니다."

"난 2위만이라도 들었으면 좋겠다, 진짜."

도영이 호들갑을 떨며 작게 중얼거렸다. 강력한 우승 후보로 뽑혔던 위아영이 4위를 차지하게 되면서 꼴등은 절대 하지 않을 거라 자신했던 포부가 사그라들었기 때문이었다.

"제발. 제발."

태헌도 긴장한 얼굴로 침을 삼켰다.

"네, 아이돌 프로듀서 2위를 차지한 팀은······."

"끄아아······."

"드림스트릿입니다!"

"우아아아아악!"

옆에 서 있던 태헌이 제자리에서 튀어 올랐다. 상준을 이기겠다며 강력한 의지를 보이던 녀석이 2위에도 제법 만족하는 모습이다.

"으악! 꼴등 아니다아!"

"와아아아!"

신이 나서 폴짝폴짝 뛰어다니는 태헌을 보고선, 상준은 다시 긴장했다. 이제는 정말 1위와 5위만 남은 상황.

"네, 축하드립니다. 남은 두 팀은 앞으로 서주세요."

사회자는 낮게 깔린 목소리로 탑보이즈와 오르비스를 앞으로 불렀다. 정말 마지막 순위만 남은 상황. 관객석은 다시 술렁대기 시작했다.

"탑보이즈가 1위겠지?"

"오르비스 팬들이 이런 건 은근 단합력 엄청나서."

"그런가."

"마이픽 때도 YH 애들 순위 다 높았잖아."

"그건 조작이고."

관객석에서 새어 나오는 말을 전부 들을 수는 없었지만, 뜨겁게 달아오른 관객석의 분위기만큼 무대 위에 선 탑보이즈 멤버들의 얼굴도 달아오르고 있었다.

'와, 죽겠다.'

이게 뭐라고 은근히 떨린다.

아까까지만 해도 무조건 1위를 외치던 상준조차도 아까 보였던 자만심을 조금씩 후회하기 시작했다.

'2위에도 감사할걸.'

막상 이렇게 되니 그런 생각마저 들었다. 상준은 떨리는 주먹을 움켜쥐며 관객석을 바라보았다.

"아이돌 프로듀서 첫 번째 경연."

"……"

"1위를 차지하게 될 첫 번째 팀은!"

최선을 다했고, 분명 좋은 무대였다.

이제는 겸허한 마음으로 결과를 기다릴 시간.

'제발.'

그렇게 기도하며 두 손을 모으고 있던 순간.

"어……?"

사회자의 시선이 탑보이즈를 향했다.

*   *   *

"1등이다, 1등!"

"와아아아, 이게 어디야. 진짜."

"빨리 구워봐, 빨리. 한우잖아!"

'아이돌 프로듀서'의 첫 번째 경연은 탑보이즈의 우승으로 돌아갔다.

우승이라는 값진 자리보다 한우에 더 관심이 있었던 멤버들은 촬영이 끝나자마자 고기 파티를 열었다.

그런데.

"실장님, 여기 첩자가 있어요!"

"안녕하세요, 탑보이즈의 뉴 리더 태헌입니당."

"악, 저리 가."

"왜, 나도 고기 줘."

태헌은 은근슬쩍 끼어들어 열심히 두 눈을 반짝이고 있었다.

상준은 어이없다는 듯 웃음을 터뜨리며 고기 한 점을 건넸다.

"삼겹살은 네가 살 거지?"

"아마 매니저님이?"

"와, 이걸 이렇게."

태헌은 콧노래를 흥얼거리며 아예 자리를 잡고 앉았다.

"이야, 그래도 이렇게 다 같이 모이니까 좋네. 회식하는 분위기도 나고."

"회식입니다, 실장님."

"맞는 말만 하네, 도영이가."

"…크흠."

조승현 실장은 머리를 긁적이며 도영을 째려보았다.

맞는 말이라는 게 처맞는 말을 의미하는 모양이었지만 한우를 오물거리고 있는 도영의 눈에는 고기만 보일 뿐이었다.

하지만, 열정적으로 고기만 흡입하던 탑보이즈도 한 사람이 들어오자 일제히 고개를 들었다.

"어어, 우리의 1등 공신!"

"우진이 왔다, 우진이."

"이쪽에 앉아봐."

상준의 도움이 있긴 했지만 첫 번째 경연곡을 작곡해 온 건 경력도 없는 우진이었다. 조승현 실장은 흐뭇한 미소를 지으며 우진을 앉혔다.

"고기 많이들 먹고."

"네, 감사합니다."

우진은 머쓱한 미소를 지으며 고기 한 점을 입에 넣었다.

하지만, 편하게 고기를 삼키기도 전에 질문들이 쏟아지기 시작했다.

JS 엔터의 최연소 프로듀서이자, 상당한 퀄리티의 곡을 가지고 나온 우진의 정체가 궁금했던 사람들이었다.

"작곡은 어디서 배운 거야?"

"천재야?"

"동생은 연습 잘하고 있대?"

"에헤이, 다들 천천히 좀 물어봐요. 애 체하겠네."

거기에 태헌의 관심까지 더해지면서 회식 자리는 점점 무르익어 갔다. 미성년자인 우진이 제현과 나란히 콜라를 나눠 마시는 사이……

"…태헌아?"

어김없이 태헌은 정신을 놨다.

상준은 두 눈을 끔뻑이며 태헌의 옆구리를 찔렀다. 직감상 제대로 취한 모양인데 지난번 같은 실수를 되풀이하게 놔둘 수는 없었다.

"너무해……"

이미 늦은 거 같지만.

태헌은 테이블에 머리를 박은 채 작게 중얼거리고 있었다.

"내가 꼰대라니……"

"야."

"어흑."

상준은 난처한 기색으로 조승현 실장에게 말했다.

"제가 데리고 나갈까요?"

"아아, 아니야."

"뭐가 아니야. 정신 줄 잡아, 이 자식아."

상준은 태헌의 목덜미를 잡고선 들어 올렸다. 간신히 몸을 일으킨 태헌의 시선은 곧바로 제현을 향했다. 제현은 신이 난 얼굴로 우진과 대화를 나누고 있었다.

"막대 사탕 먹을래?"

"콜라에?"

"나름 어울리는데."

우진과 나란히 앉아 막대 사탕을 나눠 먹던 제현은 살벌한 눈
길에 고개를 벌떡 들었다. 그와 함께 이미 반쯤 정신을 놓은 태
헌이 제현의 앞으로 풀썩 쓰러졌다.

"아앗."

'알콜 꼰대⋯⋯?'

당당하게 본인의 입으로 말을 뱉었던 터라, 제현은 태헌의 눈
치를 보며 두 눈을 끔뻑였다. 그의 입에서 어떤 멘트가 나올까.

제현이 침을 삼키는 사이.

태헌의 입에서 예상치 못한 말이 튀어나왔다.

"⋯나도 줘."

"아, 네."

제현의 손에 들린 막대 사탕으로 향하는 시선.

제현은 멍한 눈길로 태헌의 손에 막대 사탕을 하나 쥐여주었
다.

그와 동시에 기적처럼 태헌이 조용해졌다.

"⋯맛있엉."

"내가 못 산다, 진짜."

"선배님 후회하실 텐데."

조승현 실장 눈엔 3년 차인 드림스트릿도 애들로 보일 뿐이었지만, 우진은 달랐다. 데뷔 3년 차 만에 빛을 본 드림스트릿은 누가 뭐래도 요즘 핫한 스타였다. 그중에서 태헌은 가장 인기가 많은 멤버이자 침착한 리더 이미지였고.

'신기해.'

앞을 봐도 연예인, 뒤를 봐도 연예인, 옆을 봐도 연예인인 비현실적인 상황. TV 속에서만 볼 줄 알았던 연예인이 술주정을 하고 있는 모습을 보니 우진으로선 신기할 따름이었다.

'새삼 느껴지네.'

자신이 연예계 한복판에 내던져졌다는 것을 이제야 알 거 같았다.

물론 자신이 그렸던 모습과는 다소 다른 면이 있……

"…선배님?"

"이 각도가 가장 잘 나오나?"

"아니, 이쪽이지."

"태헌이 막대 사탕 잘 먹네. 잘한다, 잘한다!"

"얘들아, 그만 좀 찍어라."

"실장님, 이거 한 달 치예요. 한 달은 놀려먹을 수 있는……"

"태헌이 형이랑 친한 거 맞지……? 둘이 싸운 거 아니지?"

그새 「달변가의 명언」을 반납하고 「기적의 포토그래퍼」를 대여한 상준.

가장 앞에서 신이 난 얼굴로 태헌을 찍고 있는 상준을 보며, 우진은 다소 멍한 얼굴이 되었다.

'아, 선배님까지……'

아무래도 연예계는 우진의 생각과는 많이 다른 듯했다.

그렇게 반쯤 넋이 나간 얼굴로 다른 세계를 지켜보는 사이.

"어? 실장님! 실장님!"

잠시 밖에 나갔던 송준희 매니저가 놀란 얼굴로 달려왔다.

"이거 기사… 떴는데요?"

"무슨 기사?"

당황한 송준희 매니저의 입에서 떨리는 목소리가 새어 나왔다.

"우진이… 기사요."

"…뭐?"

무명 신인 프로듀서에 불과했던 우진의 인생에.

큰 반환점이 되는 순간이었다.

*   *   *

「[단독] '아이돌 프로듀서'의 '낙엽의 시간' 신인 프로듀서가 만든 곡?」

「'낙엽의 시간' 작곡가의 정체는?」

「JS 엔터의 숨겨진 천재 작곡가, 정동진 버스킹의 남매로 밝혀져」

'아이돌 프로듀서'가 방영된 후로 '낙엽의 시간'은 바로 차트 인을 했고, 하루 만에 10위권에 들어버리는 근사한 성적을 거두었다.

프로그램의 효과가 있다 하더라도 콘크리트나 다름없는 최근 차트에 큰 영향을 끼친 셈이었다. 자고 일어나면 한 계단씩 오르고 있으니……

'이러다가 1위 찍는 거 아니야?'

신인 아이돌의 저력이라고 열심히 기사를 돌려대던 JS 엔터 홍보 팀이었지만, 전혀 예상치 못했던 부분에 기자들의 관심이 쏠렸다.

작곡가 우진, 이전에 곡을 한 번도 낸 적 없는 신인 작곡가의 이름에 관심을 가진 한 기자가 그가 다름 아닌 JS 엔터의 숨겨진 아티스트라는 사실을 알아낸 것이었다.

─아니, 19살이 이 노래를 작곡했다고????

└거짓말 아냐?

└상준이가 도와줬다던데. 사실 알고 보니 상준이가 작곡 다 해 준 거 아님?

└그랬으면 JS 엔터에서 상준이 위주로 언플을 했겠지

└그럼 신인 작곡가가 작곡한 게 맞다고? 그것도 19살이?

─이 친구래요. 정동진 버스킹 영상!

└아 그때 핫했던 애들???

└헐 얘가 JS로 갔구나

└기타도 잘 치네 대박 ㄷㄷ

└JS 엔터가 아티스트들을 잘 뽑네. 대체 저기는 무슨 천재들 만 있냐

└믿듣제이

└222

당시 100만 뷰를 찍었던 정동진 버스킹 영상을 기억하는 사람들이 있어서인지, 기타를 치던 우진의 존재는 한층 더 화제가

되었다.

"와, 인기 장난 아니네."

"새 곡 어서 내달라는데."

탑보이즈는 그런 우진의 순항을 진심으로 응원했다.

상준은 우진의 어깨를 토닥이며 미소를 지었다. 고집 센 녀석이 전문 작곡가도 아닌 자신의 충고를 새겨듣기란 결코 쉬운 일이 아니었을 터였다. 그래서 자신을 믿고 따라와 준 우진이 마냥 고마웠다.

덤으로.

"1위래, 1위!"

"이야, 대박이다."

이렇게 좋은 곡을 가져다준 것 자체가 너무 고마웠고.

"와, 연예인 다 됐네. 그치?"

"맞네, 맞네."

그런 우진의 성공에 누구보다 들뜬 건 시은이었다.

버스킹을 함께 다닐 때부터 우진의 재능은 인정했지만 이렇게 뜰 거라고는 크게 기대하지 않았던 남매였다.

본연의 색을 그대로 놔두면서도 새로운 방향을 제시하는 것.

그들이 거쳐 온 소속사들은 그런 방식을 알려준 적이 없었다.

"감사합니다."

그런 그들에게 방향을 제시해 준 것이 상준이었기에, 우진의 입에서 진심 어린 한마디가 흘러나왔다.

"하하."

여전히 칭찬은 부담스럽다. 상준은 머쓱한 미소를 지으며 주변을 둘러보았다. 어색한 자리를 빠져나가기 위한 변명이었다.

"아, 애들 바쁘겠네. 우리가 있을 자리가 아닌 거 같은데, 슬슬 나갈까?"

여자 A팀의 연습실. 시은도 보고 겸사겸사 고깃집 친구들도 만나러 온 탑보이즈였다. 괜히 자리를 피하려 하는 상준의 한마디에, 시은은 생글거리며 손사래를 쳤다.

"에이, 그러지 말고 저희 연습한 거 한번 봐주세요."

"연습 빡세게 했어?"

"물론이죠. 맞지, 한비야?"

"맞아요. 저희 이제 거의 반… 프로?"

"푸흡."

시은과 함께 오디션을 봤던 한서영, 유다경, 이한비.

저 넷이 현재 JS 엔터에서 밀고 있는 데뷔조였다. 하지만, 데뷔조라고 해서 데뷔를 확정 지은 건 아니었다.

'쉴 새 없이 바뀌니까.'

JS 엔터에 들어오자마자 사실상 데뷔조 활동을 이어간 상준은 특별한 케이스였다. YH 엔터에 있을 때는 살벌한 월말 평가를 견뎌가며 수없이 데뷔조가 바뀌는 환경을 지켜봐 왔다.

주로 A팀에서 데뷔조가 지정되긴 하지만, 월말 평가의 성적에 따라 결과는 천차만별이었다.

데뷔조였던 친구가 미끄러지기도 하고, B팀의 연습생이 새로 올라가는 경우도 있다.

'대표적으로 이해강이……'

원래는 상준과 함께 B팀의 연습생이었지만 서재진에 의한 공석으로 데뷔하게 된 해강이었다.

이처럼 한 치 앞도 알 수 없는 게 데뷔다 보니 데뷔조 친구들은 항상 긴장감 속에 살아야 했다.

"월말 평가 얼마 안 남았지?"

"네, 딱 내일모레."

1월 28일.

날짜를 떠올린 상준은 고개를 끄덕이며 미소를 지었다.

월말 평가의 간절함을 누구보다 잘 아는 상준으로서는 한번 도와주고 싶어졌다.

"그럼 한번 해봐."

"헉 진짜 봐주시는 거예요? 그냥 한 소리인데."

"맞아요, 바쁘시면 시간 안 내셔도 괜찮아요."

"괜찮으니까 한번 해봐."

상준은 웃음을 흘리며 자리를 잡았다. 우연히 따라왔던 탑보이즈 멤버들도 두 눈을 반짝이며 시선을 고정했다. 아직 데뷔한 지 얼마 되지 않은 탑보이즈지만 데뷔를 하기 위해 수없는 월말 평가를 거쳐 왔다.

"자자, 시작!"

이럴 때만큼은 전문가 같은 포스가 흐르는 탑보이즈.

유찬의 예리한 눈빛과 함께 팝 베이스의 멜로디가 흘러나왔다.

"아, 이 노래야?"

5년 전쯤에 인기를 끌었던 스텔리아의 데뷔곡 「My love」.

고전 명곡이라는 말이 있듯, 시간이 지나도 봄마다 사람들이

찾게 되는 노래였다. 밝고 통통 튀는 분위기로 가볍게 들을 수 있었던 노래.

'무난한 노래긴 하지.'

노래가 무난하다는 것은 실수할 확률도 적다는 것.

데뷔조다 보니 안정성을 추구한 선곡이 눈에 띄었다.

특색 있는 매력을 선보이긴 어렵더라도 베이스만 탄탄하다면 실력보다 잘해 보이는 효과를 줄 수 있었다.

'선곡은 나쁘지 않네.'

항상 새로운 걸 도전하는 상준과는 다소 다른 스타일이긴 했지만, 충분히 합리적인 선택이었다. 굳이 차별화를 주지 않아도, 이 친구들이 실력만으로 잘해내리란 생각이 들었으니까.

그런데.

"…어?"

노래가 중반부로 향하자, 상준의 얼굴이 조금씩 굳기 시작했다.

＊   ＊   ＊

'애들이 제법 한다던데?'

'이번에 아예 대놓고 데뷔조로 밀고 있잖아.'

JS 엔터의 정보통 도영에게 데뷔조의 소식은 줄곧 들어왔었다. 시은은 둘째 치고 첫 연습생 생활을 하는 서영과 한비, 다경도 제법 트레이닝을 잘 따라가고 있다는 소리였다.

그 때문일까. JS 엔터는 이번 친구들에 꽤나 기대를 걸고 있었다.

JS 엔터가 7년 만에 내놓는 걸 그룹이다. 내놓는 보이 그룹마다 나란히 히트를 치고 있었지만, 걸 그룹 쪽은 이렇다 할 성과가 없었기에 더 신중했다.

완벽하게 트레이닝을 해서 데뷔시키겠다는 최태형 대표의 욕심마저 느껴질 정도로.

'나도 기대하긴 했지.'

사실 데뷔조에 기대를 했던 건 상준도 마찬가지였다. 전반적으로 노래가 탄탄한 데다가 춤에 구멍도 없다. 면접 때 직접 상준의 눈으로 확인했던 터라 기대감은 이미 높아져 있었다.

"으음."

하지만, 예상 밖의 무대가 상준을 기다리고 있었다.

Can't you believe me
나를 믿어줄래

오랜만에 들어도 청량한 시은의 보컬이 노래의 시작을 열었다. 기본적인 베이스만 있어도 제법 잘하게 들리는 노래의 특성상 시은의 목소리가 엄청나게 돋보이지는 않았지만 멤버들의 보이스와 제법 잘 어울렸다.

문제는 다음이었다.

Can't you catch me
나를 잡아줄래

서영이 유연하게 몸을 틀며 뒤로 빠졌다.

그런 서영의 앞으로 다른 멤버들이 삼각형을 만들었다. 멤버들의 팔을 흐트러뜨려 놓으며 허공을 향해 손을 뻗는 듯한 동작을 취하는 안무.

그런데.

'어색해.'

서영 혼자 허공을 부유하는 느낌이었다. 한비와 시은, 다경은 제법 자연스럽게 안무를 따라갔지만 서영 혼자 한 박자를 놓치고 들어갔다.

My love
내 목소리가 들리니

다음 가사에서도 실수는 이어졌다. 한비의 보컬 뒤로 화음을 깔아야 했던 서영. 뒤늦게 따라가서인지 불협화음이 이어졌다.

내 마음을 전하고 싶은데
너에게 닿는지 모르겠어

"어… 음."

유찬의 눈빛도 한층 예리해졌다.

원래는 실수에 유한 편인 선우도 저도 모르게 고개를 갸우뚱해 보였다. 모든 실수의 주축이 한 사람이었기 때문이었다.

춤에는 약할 줄 알았던 시은도 제법 유연하게 잘 따라갔고 보컬은 말할 것도 없었다. 면접 때 크게 두각을 보이진 않았던 한비와 다경 역시 무난함으로 조화를 이뤄갔다.

그런데.

'쟤가 왜 저러지?'

사실 시은의 보컬에 가려져서 크게 신경을 쓰진 않았지만, 상준이 감탄했던 건 서영의 댄스 실력이었다. 과거 재능 없었던 자신과 비교하면 민망할 정도로 타고난 댄스 실력.

그랬던 서영이 지금은 허점을 보이고 있었다.

"잠깐만."

상준은 손사래를 치며 노래를 껐다.

거의 1절의 끝에 다다른 상태였지만 갑자기 노래를 중단시키는 상준에 서영은 긴장한 기색으로 섰다.

"어때요? 어때요?"

긍정적이다 못해 낙천적인 시은은 두 눈을 반짝이며 날뛰었지만.

하지만, 그녀 역시 상준의 표정을 확인하고는 굳게 입을 다물었다.

늘 생글거리며 연습생들을 챙겼던 상준이었다.

"……"

그런 상준이 아무 말 없이 서 있으니 무서울 만도 했다.

"별로… 였어요?"

"선곡이 역시 좀 그랬나."

"제가 실수를 해서……."

선곡으로 문제를 돌리고 나서는 한비와 눈치를 살피며 고개를 숙인 서영. 상준은 무표정으로 탑보이즈 멤버들을 돌아보았다.

"으음, 그게."

선우의 눈빛이 순간 상준에게 닿았다.

그 역시 같은 생각을 하고 있는 게 분명했다. 솔직하게 말해 주는 게 좋을지, 말을 삼가야 할지.

결과적으로 말했을 때, 이 친구들의 무대는 부족했다.

넷이 단체로 부족했던 것이 아니라 한 사람의 실수가 너무도 컸다.

그걸 대놓고 말하자니 서영에게 상처를 줄까 싶어서였다.

"…서영아."

"네?"

한참을 고민하던 상준은 조심스레 입을 열었다.

면접 때 자신이 봤던 서영과 지금의 모습을 번갈아 떠올려 봤을 때 차이점은 하나였다.

"춤에 너무 힘이 들어가 있는데."

"아."

서영은 흐릿한 미소를 지으며 고개를 끄덕였다.

"저도 모르게 힘이 들어갔나 봐요."

"그래?"

"힘을 제가 조금 더 빼볼……."

"노래도."

상준의 단호한 한마디에 서영은 다시 고개를 끄덕였다.

속상할 법도 한데 입가에는 여전히 연한 미소를 띠고 있었다.

정말 상처를 받지 않아서인지, 받으면서도 수긍하고 있는 건지는 알 길이 없었지만. 상준은 침착한 목소리로 말을 이었다.

"그리고 마지막으로."

"네."

"마음도."

상준의 한마디에 서영은 의아한 낯빛이 되었다.

다소 추상적인 소리긴 하지만 상준이 느낀 바는 그랬다.

오르비스의「Take my life」.

상준이 난잡하다고 생각했던 해강의 무대와 비슷한 느낌이 들었다. 지나친 욕심 탓에 몸도, 마음에도 힘이 너무 들어가 있었다.

상준은 냉정하게 말을 뱉었다.

"눈이 높아서 그래."

지금 상준이 봤을 때 서영은 슬럼프에 빠져 있었다. 유독 지쳐 보이는 얼굴로 무대를 선보인 것도 같은 이유에서일 터였다.

그리고 슬럼프에 빠지는 이유.

그건 하나였다.

"눈은 높은데 실력이 못 따라가서."

"…야."

"그래서 스트레스받는 거야."

옆에서 선우가 살짝 눈치를 줬지만 상준은 단호하게 말을 이었다.

목표를 높게 잡는 것은 아무래도 상관없다. 자신 역시 그래미 어워드에서 상을 타는 장면을 수없이 머릿속에 그리지 않았는가. 하지만, 목표를 높게 잡는 거랑 눈만 높은 건 다르다.

'왜 나는 이 정도도 못 하는 거야?'

본인이 바라는 실력과 실제 본인의 실력이 너무도 달라서.

수없이 스트레스를 받게 된다면 결코 이 연예계를 버틸 수 없었다. 여기는 재능이 뛰어난 녀석들이 흘러넘치니까.

그러니까.

눈을 좀 낮출 필요가 있었다.

"편하게 생각해. 처음이니까 못하는 게 정상이고, 고꾸라지면서 나아가는 게 이 바닥이야."

"…네."

"정말 그렇게 힘을 주고 싶다면 몸도 마음도 아니라……. 차라리 연습에 힘을 써."

참으로 상준다운 한마디였다.

서영은 고개를 끄덕이며 두 손을 모았다.

상준의 말에는 틀린 게 하나도 없었다.

처음부터 눈이 너무 높았다. 첫 오디션에 JS 엔터라는 대형 엔터의 연습생이 되었고, 연습생이 되기만 하면 데뷔는 코앞일 줄만 알았다.

'쟤는 노래를 저렇게 잘한다고?'
'완전 연예인같이 생겼네…….'

하지만, 엔터는 넓었고. 자신이 왜 데뷔조가 되었는지조차 의문이 들 때가 많았다. 이 데뷔조를 유지할 수 있을까. 누가 치고 올라와 버리는 건 아닐까.

눈은 높은데 실력이 따라주질 못한다.

상준의 뼈아픈 한마디에 서영은 애써 웃어 보였다.

"네, 더 열심히 하면 되죠."

"그래, 그러면 되는 거지."

"맞아, 맞아."

그러면 된다.

머릿속으로는 분명 아는데…….

"월말 평가 얼마 안 남았을 텐데, 다들 열심히 해봐."

"파이팅, 파이팅!"

쾅.

응원과 함께 탑보이즈가 떠난 순간.

"……."

서영은 꾹 참고 있던 눈물을 터뜨렸다.

상준의 냉정한 평가 때문도, 얼마 남지 않은 월말 평가 때문도 아니었다.

처음으로 큰 벽에 부딪히고 말았다는 것이, 문득 서러워져서였다.

눈을 낮추면 된다지만, 아예 꿈도 꾸지 못할 탑을 바라보고 있던 건 아닐까 두려워졌다.

"어흑……."

그리고.

"야, 우는데?"

서영의 울음소리는 문밖에 서 있던 탑보이즈의 귀에도 들려왔다.

"헐, 진짜네."

"우는 거 맞는 거 같은데, 잠깐만."

"…뭐?"

애써 눈물을 참고는 있지만 훌쩍이는 소리.

문을 귀에 가져다 댄 도영은 확신에 찬 눈빛으로 고개를 끄덕였다.

"에에……?"

"진짜로?"

울라고 했던 말은 아니었는데.

상준과 선우는 동시에 당황한 얼굴로 서로를 돌아보았다.

"에휴."

그리고 그런 상준을 향해, 유찬의 돌직구가 꽂혔다.

"이야, 완전 쓰레기네."

＊　　　　＊　　　　＊

"나는 쓰레기다. 쓰레기……."

"맞어, 쓰레기. 형, 어서 세 번 더 복창해."

"쓰레기……."

상준은 테이블에 얼굴을 파묻은 채 작게 중얼거렸다.

유찬은 혀를 차며 시은을 돌아보았다.

"그래서 괜찮대?"

"에이, 그러고 멀쩡했는데요. 완전 열심히 해보겠다고 파이팅 그 자체던데."

"쓰레기……."

서영이 우는 바람에 당황해서 달래러 들어가 보지도 못했다.

상준은 한숨을 내쉬며 머리를 싸맸다. 시은의 말마따나 멀쩡하다니 다행이긴 하지만, 이제는 말을 좀 조심해야겠다 싶어서였다.

마치 YH 엔터를 처음 들어갔을 때의 자신처럼 느껴져서.

그래서 건넨 말이었다.

너무 냉정했기에 상처가 될 수도 있었다는 걸 미처 몰랐지만 말이다.

상준이 어제 일을 되짚으며 중얼거리는 동안, 우진이 녹음 부스에서 튀어나왔다.

"형, 이거 잘 뽑힌 거 같은데요?"

"틀어봐, 틀어봐."

시은은 우진의 말에 관심을 보이며 모니터 앞으로 다가섰다.

사실 상준이 이 자리를 찾은 이유는 「아이돌 프로듀서」의 두 번째 경연 때문이었다.

"이번 주제가 무대효과랬죠?"

"어, 그렇지."

음악에 대한 얘기가 나오자, 축 처져 있던 상준도 벌떡 고개를 들었다. 다시 생기가 도는 상준의 눈빛이 우진을 향했다.

"주제를 최대한 살려보는 걸 생각해 봤는데요."

첫 번째 경연과 달리 두 번째 경연부터는 주제가 정해져 있었다.

모두가 걱정했던 두 번째 경연의 주제는 '무대효과'였다.

최대한 무대효과를 잘 살릴 수 있는 무대.

너무나 모호한 말이긴 했지만, 우진은 대강 방향을 잡은 듯했다.

"불로 갈까 하거든요."

"불?"

"낙엽의 시간은 발라드곡이었잖아요."

"어어."

"이번에는 아예 스타일을 바꿔보려고요."

이번에도 작곡은 우진이 주로 하고, 편곡을 상준과 유찬이 맡을 계획이었다. 상준은 헤드셋을 끼고 우진이 틀어주는 멜로디 라인을 들었다.

"와, 완전 댄스곡이네."

빠른 비트의 일렉트로니카 장르의 노래.

이전에 탑보이즈가 소화하던 스타일과는 180도로 다른 노래였다. 굳이 따지자면 블랙빈 스타일에 조금 더 가깝다고 느껴질 정도였다.

"노래는 좋다."

불을 연상하듯 묵직하면서도 파워풀한 베이스 라인과 시원시원한 신시사이저 음이 귀를 사로잡았다. 상준은 어느새 중독성 강한 후크 부분을 흥얼거리고 있었다.

스타일과 별개로 노래는 기대 이상이다.

문제는.

"잘 소화할 수 있냐는 건데."

"난 가능."

유찬은 자신감 넘치는 눈빛으로 손을 들었다.

상준은 피식 웃으며 고개를 끄덕였다.

"새로운 도전도 나쁘진 않지."

"아리랑과 헤비메탈처럼 새롭진 않잖아? 적당한 새로……."

"야, 아리랑이 어때서."

지금 우리의 소리를 무시하냐고 타박을 놓는 상준에 유찬은 머쓱한 미소를 흘렸다. 그 조합으로 성공해 내는 사람은 상준밖에 없으리라고 확신했기 때문이었다.

"그럼 노래는 이 스타일로 가고."

"좋다."

"파트만 나랑 유찬이가 손볼게."

「낙엽의 시간」의 성공 이후, 우진은 제법 주목받는 프로듀서의 반열에 올라섰다.

미성년자의 나이에 JS 엔터의 전문 작곡가 계약까지 체결한 상태이지만, 우진은 자만심에 빠져 있지 않았다.

「낙엽의 시간」을 처음 작곡할 때처럼 조심스럽고 섬세하며 열정적인 태도. 우진의 한결같음에 상준이 흐뭇한 미소를 짓고 있던 순간이었다.

벌컥.

"어?"

"실장님?"

조승현 실장이 갑자기 작업실 문을 열어젖혔다.

"아, 여기 있었네."

그가 이따금 응원차 연습실에 들른 적은 있지만 그것도 연습 시간 한정이다. 어디에 있을지도 모르는 자신들을 찾아 작업실까지 왔다는 것에, 상준은 당황한 얼굴로 일어섰다.

"무슨 일이세요?"

"아, 딴게 아니라."

조승현 실장은 너털웃음을 터뜨리며 말을 이었다.

"너한테 부탁할 게 있어서."

"아, 부탁이요?"

새로운 스케줄 얘기는 아닌 거 같은데.

상준은 대수롭지 않은 표정으로 고개를 끄덕였다.

하지만.

"네?"

조승현 실장의 입에서 튀어나온 말은 전혀 뜻밖이었다.

"…월말 평가에 제가 참여하라고요? 그것도 심사 위원으로?"

*　　　*　　　*

"그러니까, 심사를 맡긴다고요?"

"그렇다니까."

조승현 실장의 말에 2팀장 준석은 살짝 인상을 찌푸렸다.

다른 사람도 아니고 신인인 상준에게 이번 심사를 맡긴다니.

그 점도 이해가 가진 않았지만, 준석이 의아한 이유는 따로 있었다.

"당장 다음 경연은요?"

"아이돌 프로듀서?"

"네, 그거 안 바빠요?"

2주 텀이 있긴 하지만, 당장 다음 경연을 준비해야 하는 입장이다. 가뜩이나 바쁜 애에게 굳이 월말 평가라는 짐은 왜 던져 주냐며 준석은 거듭 반박했다.

"그것도 잘하고 있던데?"

월말 평가부터 아이돌 프로듀서 스케줄에, 편곡 연출까지.

말도 안 되는 스케줄에 준석은 다그치듯 물었다.

"아니, 걔가 무슨 인공지능이에요?"

한 번에 너무 많은 스케줄을 떠미는 게 아니냐는 준석의 말에, 조승현 실장은 능청스레 말을 뱉었다.

"아, 팬들은 그렇게 부르더라."

"네?"

"상공지능이라고. 상스비랬나."

"그 상스러운 이름은 뭐죠."

"……?"

준석은 머리를 짚으며 한숨을 내쉬었다.

연습생들에게 월말 평가가 중요하긴 하지만, 활동 중인 연예인의 스케줄을 굳이 빼서 들어갈 필요는 없었다. 여유가 있고 어느 정도 급이 되는 연예인이라면 그렇다 쳐도.

"신인이 뭘 본다고."

"으음."

"아니, 솔직히 맞잖습니까."

"……"

조승현 실장은 대답 없이 잠자코 서 있었다.

"웬만해서는 이렇게는 말 안 할 생각이었는데."

상준이 작곡한 '모닝콜'을 타이틀곡으로 한다고 했을 때도 가장 먼저 반대했던 것이 준석이었다. 결국 상준의 능력을 인정한 터라 그 뒤로는 그다지 딴지를 걸지는 못했지만, 아무리 그래도 이건 아니라고 생각했다.

"데뷔한 지 1년도 안 됐는데……. 아직 보는 눈에 한계도 있고."

"……."

"굳이 소중한 인력의 시간을 낭비할 필요는 없잖습니까."

준석의 말도 일리 있는 소리긴 했다.

제대로 보지도 못하고 앉아만 있을 거라면 괜히 시간 낭비 할 필요가 없었다. 더욱이 경연을 앞두고 바쁜 상황에서.

그런데.

"믿거든."

"예?"

조승현 실장의 생각은 준석과 달랐다.

'면접장 때 애들을 보던 눈빛.'

정동진 남매와 고깃집 친구들의 면접을 보던 당일. 조승현 실장은 상준의 눈빛에서 예리함을 읽었다.

분명 자신과 같은 것을 보고 있던 거라고, 조 실장은 직감했다.

그렇기에 맡기는 것이었다.

조승현 실장은 의자를 뒤로 젖히며 씨익 웃어 보였다.

"너는 뭐라고 할지 몰라도."

"예?"

"나는 상준이 안목을 믿거든."

*　　　　*　　　　*

다른 사람도 아니고 신인인 자신한테.

월말 평가의 심사를 맡긴 이유는, 상준 역시 알 수 없었다.

'저, 애들하고도 아는 사이고, 이런 자리는 진짜 자신 없……'

'괜찮아. 누구보다 중립을 지킬 사람이란 걸 아는데, 뭐.'

연습생들과의 친분도 있던 터라 냉정한 평가가 불가능하다는 말에, 조승현 실장은 의미심장한 말로 받아쳤다.

"중립을 지킬 사람이라……"

상준은 인상을 찌푸리며 고개를 저었다.

조승현 실장이 구구절절하게 내놓은 다른 이유들은 둘째 치고, 이 한마디만큼은 확신할 수가 없어서였다.

"후우."

이미 자신은 연습실 앞에 다다랐으니까.

"결국 왔네."

상준은 짙은 한숨을 내쉬며 연습실 팻말을 올려다보았다.

A팀 연습실. 상준은 팔짱을 낀 채 벽에 기대어 잠시 고민했다.

"이걸 말해, 말아."

시은 말로는 괜찮다고 하긴 했지만 상준이 봤을 때는 전혀 아니었다. 월말 평가를 냉정하게 심사하는 건 제쳐두고서라도, 자신감이 바닥을 찍은 서영을 도와주고 싶었다.

하지만, 저 연습실의 문을 여는 건 상준에게도 큰 용기가 필요했다.

어떤 말부터 해야 할지 모르겠어서였다.

"으음."

그렇게 상준이 망설이던 순간.

"…어?"

벌컥.

갑자기 연습실의 문이 열렸다.

상준은 본능적으로 벽에 기대며 고개를 돌렸다.

"어, 엄마. 나 지금 연습 중이지."

상준은 머쓱한 미소를 지으며 두 눈을 끔뻑였다.

'이건 예상하지 못했는데.'

문을 열어젖히고 나온 건 지친 기색의 서영이었다. 바로 문 옆에 서 있던 상준을 보지 못했는지, 서영은 휴대전화를 한 손으로 받친 채 터벅터벅 걸어 나왔다. 창가로 향한 서영은 건조한 목소리로 전화를 이어갔다.

'아, 어떡하지.'

전화 통화에 집중한 나머지 자신을 못 알아챈 모양이었다. 이제 와서 앞으로 나서자니 머쓱하고 가만히 있자니 통화를 엿듣는 꼴이 된다.

상준은 머리를 긁적이며 자리를 피하려 했다.

하지만.

"연습? 잘하고 있냐고……?"

실패했다.

'망할 타이밍.'

상준은 속으로 중얼거리며 주머니에서 휴대전화를 꺼냈다. 그나마 최대한 자연스럽게 보이기 위해서였다. 가만히 벽에 기대서 있는 와중에도 서영의 전화 내용은 고스란히 들려왔지만.

상준의 짐작이 맞았다.

서영은 깊은 슬럼프에 빠져 있었다.

"어, 엄마. 아무래도 나 때려치울까 봐."

―너 좋다고 하더니만, 지랄은⋯⋯. 또 왜?

"켁."

오랜만에 들어도 거침없는 어머니의 한마디에 상준은 저도 모르게 사레가 들렸다. 서영은 다행히 눈치채지 못했는지 대화를 이어갔다. 속상한 기색이 역력한 한마디가 이어졌다.

"그냥⋯⋯. 재능이 없는 거 같아서⋯⋯."

대체 재능이 없다고 믿는 사람이 어찌 이렇게나 많은지. 제현부터 도영, 선우, 유찬까지. 탑보이즈 멤버들의 슬럼프를 지켜봐 온 상준은 씁쓸한 기분이 들었다.

'아니, 재능이 없는 건 내가 없지.'

다들 진정한 목각 인형을 못 봐서 하는 소리였다.

1만 시간을 채우기 전의 자신을 떠올리느라 생각에 잠겨 있던 순간.

"선배님?"

서영이 갑자기 고개를 돌렸다.

"어엇."

순식간에 벌어진 아이 컨택.

상준은 놀란 나머지 휴대전화를 놓쳤다.

"으아악!"

"괜찮으세요?"

"어어, 괜찮지."

간신히 왼손으로 휴대전화를 낚아챈 상준은 애써 아무렇지 않은 척 고개를 들었다.

"그, 그. 연습 잘하나 해서 들렀는데."

"아."

"월말 평가 준비는 잘되고 있나 해서."

상준은 주머니에 손을 꽂으며 최대한 자연스럽게 웃어 보였다.

이미 실패한 거 같았지만.

"…들으셨죠?"

서영은 상준이 뒤에 서 있던 걸 뒤늦게 눈치챘던 거 같았다.

어차피 변명할 수도 없는 상황.

상준은 흐릿한 미소를 지으며 천천히 고개를 끄덕였다.

"뭐, 조금은."

*   *   *

"재능이 없는 거 같아서요."

요즘 들어 그런 생각이 들었다.

어쩌면 이틀 남은 월말 평가가 이 꿈의 종착역일 것만 같은 기분.

만약 최악의 평가를 받게 된다면 서영은 포기할 생각이었다.

월말 평가는 엔터 입장에선 물갈이 시즌이었다.

실제로 월말 평가 전후로 버티지 못하고 나가는 친구들이 많았으니까. 월말 평가 때 실시간으로 반이 바뀌고 부담감이 쌓이면서, 가벼운 마음으로 들어왔던 친구들은 많이들 나갔다.

다른 엔터로 옮기는 경우도 많았지만, 보통은 꿈을 포기하는 경우가 빈번했다. 상준은 서영이 그중 하나가 되지 않았으면 했다.

상준은 턱을 쓸며 조심스레 입을 열었다.

"재능이 뭐라고 생각하는데?"

"네?"

"없는 거 같다며, 네 입으로."

"……"

서영은 쉽게 입을 열지 못했다.

재능을 논하면서도 단 한 번도 그 의미에 대해선 생각해 보지 못한 탓이었다. 그냥 벽에 부딪힐 때마다 스스로를 합리화했을 뿐이다.

재능이 없어서라고.

상준은 담담한 목소리로 말을 이었다. 냉철한 시선이긴 했지만 서영이 포기하길 바라서는 아니었다.

그저 자신이 느낀 바를 말하고 싶었을 뿐.

누구보다 재능이 없던 사람으로서.

"나는 약간 재능이 그런 거라고 생각해."

"……."

"누구는 계단 한 칸을 올라서 성공을 하는데, 누구는 다섯 칸을 올라야 하고, 누구는 열 칸을 올라도 안 될 수는 있겠지. 그런데……."

"네."

"시작하는 높이는 달라도, 올라야 할 높이는 정해져 있어."

상준은 서영을 지그시 바라보았다.

처음 면접을 보러 왔을 때의 해맑은 미소는 어디로 가고, 지친 눈빛만 가득한 그녀의 얼굴. 누구보다 빛나던 서영이 그런 눈을 하고 있는 것이, 상준은 마냥 안타까웠다.

"에스컬레이터를 타든, 엘리베이터를 타든. 100개가 넘는 계단을 오르든. 힘이 들 뿐 아예 올라갈 수 없는 건 아니잖아."

서영은 천천히 고개를 들었다.

분명 건조한 목소리로 말하고 있는 상준의 말이 퍽 따스하게 느껴졌기 때문이었다.

"……."

상준은 피식 웃으며 창밖을 내다보았다.

그 역시도 연습실을 나와 저 하늘을 보며 서영과 같은 생각을 한 적이 있었다.

"세상에는 노력하면 되는 사람이 99프로고, 진짜 가끔 노력해도 안 될 사람이 1프로더라."

자신이 그 1프로에 속했었다고 믿는 상준이었지만, 서영은 달랐다.

서영의 무대를 떠올리던 상준의 눈이 반짝였다.

"적어도 넌 후자는 아니거든."

"그런가요?"

되묻는 서영의 목소리에서 미묘한 희망이 느껴졌다.

상준은 확신에 찬 미소를 지으며 고개를 끄덕였다.

"그래, 그러니까 열심히 해보라고."

"네……."

"너는 하면 될 사람이니까."

상준은 벽에 기댄 등을 떼고 서영에게 다가섰다.

"어?"

서영의 머리 위로 손을 휘저은 상준은 미소를 지으며 뒤로 물러섰다.

"이건 뭐예요?"

아까까지 긴장하고 있던 서영도 어느새 웃음을 터뜨렸다.

상준의 황당한 행동에 당황하면서도 우스웠던 탓이었다.

상준은 능청스레 덧붙였다.

"그냥 선물?"

"아, 선배가 기도해 주면 월말 평가도 잘되는 거예요?"

"뭐, 비슷한 거지."

상준은 피식 웃으며 허공을 올려다보았다.

「위대한 교육자」와 「유연한 댄스 머신」이 나란히 떠 있는 허공.

상준은 별일 아니라는 듯 어깨를 으쓱였다.

"내가 좀 능력자라서."

"막 손잡으면 기운을 받을 수 있는 건가요, 그럼."

"내 손은 비싸고."

"세상에나."

상준의 뻔뻔한 말에 서영은 깔깔대며 아쉬운 듯 덧붙였다.

"아, 손잡았으면 엄마한테 자랑하려 했는데."

"응원받은 거라도 자랑하지."

"그럴까요, 그럼?"

상준의 말이 끝나기도 전에 다시 엄마에게 전화를 거는 서영.

아까의 축 처진 분위기는 어디로 가고 금세 생기를 찾은 목소리다.

"엄마아! 나 연예인이 응원해 줬다아아!"

수화기 너머로는 어김없이 거친 말이 튀어나왔지만.

─아까 지랄하더니 또 지랄하네.

"아, 엄마! 스피커폰이라고!"

"…재밌으신 분이네."

상준은 생글거리며 한 걸음 뒤로 물러섰다.

중립을 지키는 데는 아무래도 실패한 거 같지만, 서영이 저리 밝아진 모습을 보니 기분이 좋아서였다.

"그러면, 월말 평가 기대할게."

"보러 오실 거예요? 구경?"

"으음."

"와, 보러 오면 한마디 해주세요! 저 진짜 열심히 준비할 테니 깐……."

허물없이 달려드는 서영을 보며 상준은 다짐했다. 이렇게 잔뜩 들떠 있는데.

"너 연습 안 하니……?"

자신이 월말 평가의 심사 위원이라는 건, 조금 더 비밀로 해야겠다고.

*　　　　*　　　　*

"네, 월말 평가 시작할게요."

그렇게 월말 평가 당일은 돌아왔다.

상준은 입가에 어색한 미소를 띤 채 눈앞에 놓인 서류 판을 내려다보았다.

머쓱하게 앉아 있는 상준을 확인한 준석이 혀를 차며 말했다.

"그냥 밑에는 간단하게 코멘트 써넣고, 점수는 네 주관대로 평가해 봐."

"네."

"너무 깊게 보려고 하지는 말고, 어차피 그 정도는 크게 기대 안 하니까."

어떻게 보면 자신을 무시하는 발언일지 몰라도 상준은 별로 신경 쓰지 않았다. 준석의 말에 틀린 게 없었기 때문이었다. 당연히 이 바닥에서 몇 년간 수많은 연습생을 봐온 준석의 안목이 자신보다 나을 수밖에 없다고 생각했다.

하지만.

'대충 할 생각은 없는데.'

기왕 조승현 실장이 자신에게 이 일을 맡긴 이상, 상준은 결코 대충 넘어갈 생각이 없었다. 상준은 두 눈을 반짝이며 볼펜을 들었다.

"시작하나요?"

"어, 들어오라 그래."

이날을 위해 대여해 둔 재능이 있었다.

「재능의 감정사」.

단순히 겉으로 보이는 무대뿐만 아니라 내면의 포텐셜을 확인시켜 주는 재능. 한층 더 예리한 눈빛으로 심사를 진행할 수 있을 거란 기대에, 상준의 자신감이 차오르고 있었다.

"네, 시작하죠."

상준의 한마디와 함께 B반 연습생들이 차례로 들어왔다.

그리고.

"어?"

월말 평가가 1시간 넘게 이어지자, 상준은 재능을 사용할 필요도 없다는 것을 깨달았다.

'그냥 보이는데?'

재능 덕에 무대를 보는 눈이 예리해지긴 했지만 그뿐이었다.

내면의 포텐셜을 수치로 확인하고자 했던 상준은 재능의 효과를 실감하지 못했다.

"열심히 하지도 않고……. 절박하지도 않고……."

너무도 간절하고 절박한 친구들은 티가 났다.

문제는 그런 연습생들이 B팀에는 별로 없었다는 사실이었다.

"으음. 나쁘진 않고 무난한데. 보컬 연습을 좀 더 해야겠다."

"맞네, 그럴 거 같다."

1팀장 정혁과 2팀장 준석, 유지연 선생까지 간단한 심사 평을 남기는 사이, 상준은 말을 아끼며 서류만 작성하고 있었다.

"넌 뭐 하냐?"

아까부터 열심히 뭔가를 끄적이고 있는 상준.

문득 호기심이 일었던 준석은 물음을 던지며 어깨 너머로 상준의 평가를 지켜보았다.

그리고.

"…뭐야."

F.

빨간 글씨로 과감하게 적어 내린 알파벳에 상당히 놀라고 말았다.

'생각보다 거침없네.'

방금 전 연습생의 무대가 기대 이하긴 했다.

그렇다고 F를 때려 버릴지는 몰랐지만. 상준의 평가를 대충 훑어보던 준석은 다시금 놀랐다.

다른 연습생들이라고 다를 바가 없어서였다. B가 가장 높은 점수일 만큼 상당히 냉철한 평가였다.

"크흠, 다음 친구 들어오세요."

준석은 놀란 표정을 감추며 헛기침과 함께 다음 연습생을 불렀다.

"아, 홍주형 연습생."

"네, 안녕하세요."

두꺼운 패딩을 입은 채 껄렁껄렁한 포즈로 들어온 한 연습생.

상준과 반대편 끝에 앉아 있던 유지연 선생은 작게 한숨을 내쉬며 입을 열었다.

"시작해 봐."

사실 B반에 있긴 하지만 실력은 출중한 친구였다.

원래는 데뷔조 후보로도 몇 번 거론된 적 있던 친구였고.

결과적으로는 데뷔에 실패했지만 아까운 인재긴 했다.

'노력만 좀 하지.'

불성실한 태도에 연습도 제대로 따라오질 않는 녀석이, 왜 아직까지 엔터에 남아 있는 건지 그 이유는 알 수 없었으나 답답한 건 유지연 선생도 매한가지였다.

"주형아, 이번에는 연습 좀 했어?"

JS 엔터의 5년 차 연습생. 그의 얼굴을 아는 준석이 상준을 힐끗 돌아보았다. 한 가지 확실한 건, F를 과감하게 써 날리던 상준이 그다지 좋아할 스타일은 아니라는 것이었다.

'엄청 까이겠네.'

말은 삼가고 있지만 나름 살벌한 멘트들을 써 내려가고 있다는 걸 슬쩍 확인한 준석은 속으로 중얼거렸다.

그렇게 홍주형 연습생의 차례가 시작되었다.

그런데 그의 입에서 전혀 예상치 못한 선곡이 흘러나왔다.

"탑보이즈의 모닝콜을 준비해 봤는데요."

"아?"

자신의 노래에 상준은 본능적으로 반응했다.

껄렁거리던 태도에 이미 반쯤 마음을 내려놓고 있던 상준을 사로잡는 선곡이었다.

유지연 선생은 황당하다는 듯 입을 열었다.

"선곡이 독특하네. 너 완전 다른 스타일만 했잖아."

"아, 그냥 해보고 싶어서요. 어제 갑자기 끌려서."

"……."

…다시 마음을 내려놓았다.

상준은 머리를 긁적이며 서류 판을 내려다보았다.

그 순간, 벽에 몸을 기대고 있던 홍주형 연습생이 빤히 상준을 바라보았다.

"그런데 이렇게 걸릴지는 몰랐네요."

"아."

"원곡자님, 잘 부탁드립니다아."

"어휴, 저 또라이."

"지금 월말 평가 장난 아닙니다. 똑바로 하세요."

유지연 선생은 타이르듯 말했지만, 준석은 상대할 가치도 없다는 듯 가차 없이 잘라내었다.

"하기 싫으면 나가고."

"일단 해볼게요."

살벌해진 분위기에 상준은 볼펜을 쥔 채 노래에만 집중할 생각이었다. 홍주형 연습생이 마이크를 들자, 익숙한 노래의 MR이 흘러나왔다.

탑보이즈의 데뷔곡이자 상준의 손으로 작곡한 '모닝콜'.

아침을 깨우는 소리 잠에서 일어나
너로 인해 시작하는 하루

모닝콜의 첫마디가 흘러나오는 순간.

상준은 놀란 눈을 크게 떴다.

껄렁껄렁한 태도로 힘을 뺀 채 부르는 노래.

'뭐야.'

도영의 청량한 보컬과는 느낌이 다른 묵직한 저음 베이스긴 하지만, 기초가 탄탄하다고 볼 수 있는 노래 실력.

생각을 웃도는 실력에 당황한 탓이었다.

I wanna hear your voice
오늘도 하루를 기분 좋게 시작해

전혀 긴장한 기색 없이 무대를 마치는 홍주형 연습생.

상준은 그제야 멍하니 벌리고 있던 입을 닫았다.

"어때요, 원곡자님?"

홍주형 연습생의 눈짓에 상준은 천천히 고개를 들었다.

잠시 넋이 나간 상태로 그의 노래를 듣고 있긴 했지만, 평가는 그새 완벽히 마친 뒤였다.

"생각보다 괜찮긴 하지?"

"으음."

준석이 옆에서 건네온 말에 상준은 잠시 생각에 잠겼다.

홍주형 연습생은 도전적인 눈길로 자신을 바라보고 있고, 준석은 시험하듯 물어오고 있었다.

사실 나쁜 무대는 아니었다.

어제 준비하기 시작했다는 게 믿기지 않을 정도로.

하지만.

"생각보다 괜찮은데……."

"네, 원곡자님."

"생각보다 괜찮아선 데뷔 못 하거든요."

담담하지만 핵심을 짚는 상준의 한마디에, 준석은 두 눈을 끔 뻑였다.

"그냥 잘해야죠."

열심히 하면 충분히 날아오를 만한 연습생이다.

5년 차라는 경력답게 노련하기까지 했고.

그러나 계기가 없어 보였다. 열심히 해야 할 계기가.

상준은 인상을 찌푸리며 서류 판을 내려놓았다.

F가 적혀 있는 서류 판.

'장난 아니네.'

준석은 속으로 탄성을 터뜨리며 입을 틀어막았다.

홍주형 연습생의 얼굴이 조금씩 일그러지고 있었지만, 상준은 대수롭지 않다는 듯 말을 뱉었다.

"다음 사람은 누군가요?"

*　　　　*　　　　*

다음 차례는 A팀의 데뷔조였다.

개인별로 보던 B팀과는 달리 데뷔조 친구들은 팀으로 평가를 진행할 예정이었다.

반가운 얼굴들이 단체로 고개를 숙였다.

"안녕하세요!"

"저희가 준비한 선곡은 'My love'입니다!"

지난번 연습 때 들었던 노래.

상준은 속으로 파이팅을 외치며 서영 쪽을 바라보았다.

'헉.'

심사 위원으로 상준이 앉아 있을 거라고는 예상을 못 했는지 놀란 기색이 역력한 얼굴들이었다.

하지만, 그것도 잠시. 다들 원래의 생글거리는 표정으로 돌아갔다.

"시작하겠습니다."

"그래, 시작해 봐."

유지연 선생의 말이 끝나자마자, 'My love'의 통통 튀는 전주가 흘러나왔다. 시은이 자신감 넘치는 눈길로 마이크를 잡았다.

Can't you believe me
나를 믿어줄래

믿고 듣는 보컬.

유지연 선생은 곧바로 탄성을 터뜨렸다.

"확실히 잘하지?"

"그러네요."

1팀장 정혁과 나란히 대화를 나누는 유지연 선생.

홍주형 연습생 탓에 굳어 있던 심사 위원들의 표정이 자연스레 편안해졌다.

Can't you catch me
나를 잡아줄래

그다음은 서영의 파트.
상준이 이전에 지적했던 부분이었다. 유연하게 몸을 틀며 뒤로 빠진 서영이 생글거리며 편안하게 노래를 불러 나갔다.
"오."
상준은 저도 모르게 감탄을 터뜨렸다.
지난번에는 실수했던 파트를 제대로 메꾸는 서영의 탄탄한 보컬. 시은 때문에 줄곧 보컬 면에서 밀렸던 그녀였지만, 무난한 선곡 덕분일까 오히려 평상시보다 빛나고 있었다.
"보컬이 엄청 늘었네."
"안무도."
"괜찮지?"
"그렇네요."
유지연 선생의 물음에 상준은 흡족한 미소를 지어 보였다.

My love
내 목소리가 들리니

연습의 흔적이 고스란히 느껴지는 무대.

한비의 보컬이 무너지지 않도록 화음을 쌓아가는 서영을 보며 상준은 속으로 함성을 외쳤다.

충분히 부담스러울 수 있는 무대였다.

그런 무대를 너무도 잘해낸 서영이 대견스러워서였다.

"이야, 진짜 이대로 데뷔시켜도 되겠네."

"그러게. 다들 구멍이 없냐."

"노래 분위기랑도 어울리고."

심사 위원들 사이에서 호평이 쏟아졌다.

점점 올라가는 서영의 입꼬리를 바라보며 상준은 웃음을 흘렸다.

문득 서영이 자신에게 건넸던 말이 떠올랐다.

'와, 그러면 저 월말 평가 잘 보면 선배님 덕분이에요?'

'내 덕분?'

'막 기도도 해주셨잖아요.'

허공에 손을 휘저은 게 기도라고 생각했는지 장난스레 물어왔던 서영에게.

상준은 답했다.

'아니, 네 덕분이지.'

나는 한 게 없으니까.

그때 「위대한 교육자」와 「유연한 댄스머신」 둘을 조합할까 고민했던 상준은 허공에서 손을 내렸다.

'편한 길이긴 하겠지만.'

혼자 헤쳐 나갈 수 있도록 도움을 주고 싶었다.

그러니 상준은 정말 한 게 없었다.

서영 스스로 해낸 무대였다.

"잘했어."

상준은 미소를 지으며 엄지손가락을 치켜들었다.

"감사합니다!"

"엄마아! 나 칭찬받았어어!!"

문을 닫자마자 들려오는 서영의 하이 텐션 목소리에 심사 위원들은 단체로 웃음을 터뜨렸다.

"이번 데뷔조 대박이네."

데뷔조 친구들이 한창 기대를 높여놓고 난 뒤.

"어으, 아직도 남았네. 끝나질 않는구만."

준석이 기지개를 켜며 몸을 뒤로 젖혔다.

그의 입에서 담담한 한마디가 튀어나왔다.

"이제 C반 애들이네."

"아."

"대충 해도 돼."

별 기대도 하지 않는다는 투의 말.

상준은 서류 판을 정리하며 준석을 돌아보았다.

"어차피 낮게 깔면 나갈 애들이거든."

"네?"

"B반 애들은 올라가기도 하는데, C반 애들은 햇병아리들

빼곤……."

재능 없는 애들이 대부분이라며 단언하는 준석의 말에 상준은 저도 모르게 인상을 찌푸렸다.

물론 B반 연습생들 중에서도 기대 이하의 무대를 선보인 친구들이 많았다.

하지만.

"다음 친구 들어와 주세요."

그렇다고 해서 대충 할 생각은 없었다.

상준은 예리한 눈길로 볼펜을 다시 집어 들었다.

그리고.

"안녕… 하세요……."

묘한 분위기의 한 여자아이가 들어왔다.

*   *   *

어딘가 오묘한 느낌을 자아내는 여학생의 분위기.

상준의 시선이 학생이 입은 단정한 교복으로 향했다.

베이지색의 교복.

'어디서 봤는데…….'

곰곰이 기억을 떠올려 내던 상준은 놀란 눈으로 고개를 들었다.

"아."

아린을 처음 만났을 때 입고 있던 교복. 그 교복과 같은 교복이었다.

'같은 학교 친구인가?'

호기심 가득한 눈길로 여학생을 바라보고 있던 찰나, 멀뚱히 서 있던 학생이 천천히 입을 열었다.

"한새별입니다……."

연습생이라고는 믿기지 않을 정도로 소극적인 태도.

준석은 더 볼 것도 없다는 듯이 고개를 돌렸다.

"노래부터 불러봐."

유지연 선생은 담담한 목소리로 형식적인 말을 꺼냈지만, 심사 위원들 중 그 누구도 별다른 관심이 없어 보였다. B반 연습생 중에 실력이 기대 이하인 친구들은 있었지만 들어오자마자 맥이 빠져 있는 친구는 단 한 명도 없었던 탓이었다.

'그러니까 C반이지.'

사실 C반에서도 결코 흔한 케이스는 아니겠지만.

준석의 생각이 그의 떨떠름한 표정에 고스란히 드러났다.

하지만, 상준은 아니었다.

'목소리 괜찮은데?'

「재능의 감정사」.

상준의 예민한 감각이 살아나고 있었다.

"노래 시작하겠습니다……."

여학생은 새하얗게 질린 얼굴로 마이크를 잡았다.

그리고.

이내 맑은 목소리가 노래의 시작을 열었다.

저 위로 올라가 보려 해

꿈꿀 수 없는 높은 탑이라고 해도

"어?"
익숙한 전주.
유심히 그녀를 살펴보고 있던 상준은 놀란 눈을 끔뻑였다.
유지연 선생은 감탄과 함께 상준을 힐끗 돌아보았다.
"이야, 인기 많네."
탑보이즈의 「EIFFEL」.
아까 전의 「모닝콜」에 이어 두 번째 선곡이다.
상준은 머쓱한 미소를 지어 보이며 머리를 긁적였다.
예상 밖의 선곡에 놀랐던 것도 잠시.
"와……."
상준은 순식간에 학생의 노래에 빠져들었다.

빛이 보였어
그곳에 함께해 줘
Dream the top
나도 올라설 수 있을까

손을 허공에 유연하게 뻗으며 자연스럽게 미끄러지는 안무.
EIFFEL의 포인트 안무들을 원곡보다 부드럽게 살려 소화해
내는 모습이 돋보였다. 들어올 때 기대했던 것과는 사뭇 다른
실력에 준석은 당황했다.
'생각보다는 괜찮은데.'

물론 '생각보다는' 이란 전제가 들어 있었다.

A반의 데뷔조 친구들과는 비교도 안 되고, B팀의 일부 연습생들과도 비슷한 수준이다.

봐줄 만할 뿐이지 결코 잘한다는 의미는 아니었다.

하지만.

"……"

오직 상준만이 그녀의 무대에서 다른 것을 보고 있었다.

그곳에서 발견한 거야
나 혼자가 아니라는 걸
언제나 밝게 빛나줘

타고나게 맑은 목소리. 목소리를 많이 쓰지 않았는지 특유의 맑음을 그대로 간직하고 있었다.

여학생 무대가 끝나자마자, 상준은 여운을 떨쳐내며 입을 뗐다.

머리를 세게 맞은 거처럼 충격을 준 무대였지만, 냉정하게 평가하자면 미완의 무대였다.

그리고 이 무대가 미완처럼 느껴지는 이유는…….

"감정이 조금 부족한 거 같은데요."

"아."

핵심을 짚는 상준의 한마디에 유지연 선생은 두 눈을 번쩍 떴다.

"잘 보네."

"감정을 조금 실어봐요."

평가를 진행하는 와중에 상준이 입을 뗀 적은 거의 없었다.
유지연 선생은 흥미로운 눈길로 상준의 조언을 지켜보았다.
"네…… 해볼게요."
새별은 덜덜 떨리는 손으로 마이크를 잡았다.

저 위로 올라가 보려 해
꿈꿀 수 없는 높은 탑이라고 해도

EIFFEL의 첫 소절.
아까보다는 호흡이 조금 더 강하게 들어갔지만 결코 만족스
러운 수준은 아니었다.
준석은 떨떠름한 표정으로 고개를 갸우뚱했다.
"그게 그거 같은데."
"조금 더 실어봐요."

그래서 물었어
그곳은 어떠니 모든 게 다 보이니

그녀 딴에는 최대한 감정을 실어보려 했으나.
"으음."
여학생의 표정은 여전히 무감각해 보였다.

'대표님이 시선 처리를 중요하게 생각하서.'
'시선 처리요?'

'표정 관리 같은 거. 넌 너무 뻣어 있더라.'

상준은 데뷔 평가 전에 조승현 실장이 자신에게 건넸던 조언을 떠올렸다. 그 때문에 「무대의 포커페이스」를 대여했을 만큼, 표정연기도 무대에 있어 중요한 만큼 무시할 수 없는 포인트였다.

'무채색 같아.'

노래를 살리는 것이 감정이라고 해도 과언이 아니었다.

맑은 목소리라는 강점을 가졌음에도 그녀의 노래가 밋밋하게 들리는 이유는 그 때문이었다.

"다시… 할까요?"

여학생이 눈치를 보며 마이크를 쥐었다.

상준은 미소를 지으며 고개를 저어 보였다.

"충분히 들었습니다."

"아, 네."

그리고.

"어……?"

A.

데뷔조 친구들을 제외하곤 처음으로 종합 평가란에 당당하게 A를 써넣은 상준.

"감사합니다……."

"어, 들어가 봐요."

준석은 멀어져 가는 학생의 뒷모습과 상준의 평가란을 번갈아 바라보았다.

"A라고? 저 무대가?"

도무지 짐작할 수 없는 기준이다.

준석은 이해가 가지 않는다는 듯 상준의 평가지를 낚아챘다.

아까 학생의 무대와 비교했을 때는 도무지 인정할 수 없는 점수였다.

준석은 심드렁한 얼굴로 말을 툭 뱉었다.

"뭐, 발전 가능성. 이런 거라도 보는 거야?"

"아."

"그게 아니면 저 무대가 다른 애들보다 잘했다는 소리라도 되는 거고?"

가만히 듣고 있던 유지연 선생이 인상을 쓰며 준석에게 타박을 놓았다.

"평가는 애 자유지, 그걸 왜 딴지를 걸어요."

"아니, 아무리 그래도 그렇지. 기준은 있어야 할 거 아냐."

준석의 뒷말에는 '제대로 볼 줄도 모르는 신인이……'가 함축되어 있었다. 탑보이즈가 JS 엔터의 떠오르는 신성만 아니었다면 준석은 마음속의 말을 뱉어냈을 것이다. 물론 그 정도로 감정 조절을 못 하는 편은 아니었지만.

그래도 평가의 이유는 묻고 싶었다.

"기준이 뭐야?"

"발전 가능성 맞는데요."

상준은 두 눈을 반짝이며 당당하게 말을 뱉었다.

그래서 물었어
그곳은 어떠니 모든 게 다 보이니

여학생이 조금이나마 감정을 실었을 때.

'이거다.'

상준은 희망을 확신했다.
무채색인 그녀의 보이스에 색깔을 입힐 수 있을 거라는 확신.
그리고 그 확신은……
「재능의 감정사」.
상준의 재능이 단언하고 있었다.

*   *   *

"진짜 완전 믿을 게 못 된다니까요."
"그래?"
"네. 기준도 모르겠고. 아니, 이걸 애당초 왜 신인한테 시킵니까. 저희가 알아서 어련히 볼 걸……"
실장실 내로 준석의 투정 섞인 목소리가 울려 퍼졌다. 조승현 실장은 심드렁한 얼굴로 대꾸하며 평가지를 살피고 있었다.
"왜, 괜찮은데?"

조승현 실장이 집중하고 있는 건 상준의 평가지.

"와."

대충 훑어 넘기던 조승현 실장은 감탄을 터뜨렸다. 보컬, 댄스, 퍼포먼스, 표정, 그리고 발전 가능성까지. 세부적인 영역을 빼곡히 채운 상세한 평가.

"너보다 나은데?"

"…네?"

준석은 인상을 찌푸리며 상준의 평가지를 내려다보았다.

제 평가에 집중하느라 종합 평가 점수만 어깨 너머로 살핀 그였다.

"……."

"너보다 낫지?"

실물을 확인한 준석은 입을 다물 수밖에 없었다.

자신이 느꼈던 점과 크게 다를 거 없는 평가와 오히려 더해진 예리함까지.

"다음에도 시킬까요."

"언제는 바쁜 애라며."

"아, 그건 그거고요."

준석은 헛기침을 하며 조승현 실장의 시선을 피했다. 조 실장은 못 말린다는 듯 혀를 차며 평가지를 계속 넘겼다.

그러던 와중.

"…어? 이건 뭐야?"

조승현 실장의 시선이 한 평가지에 멈추었다.

'한새별?'

C반 연습생이라 단 한 번도 크게 신경 쓰지 않았던 이름이 평가지에 올라 있었다. JS 엔터에 들어온 지도 겨우 한 달. 존재감이 흐릿할 만도 한 경력이었지만, 조 실장을 놀라게 한 건 점수였다.

"얘만 A야?"

유난히 높은 점수도 놀랄 만했지만 조승현 실장이 더 놀란 건 다른 이유에서였다.

텅 비어 있는 세부 평가지. 상준이 여운에서 헤어 나오지 못하는 바람에 평가를 놓쳤던 항목이었다.

"아? 그 친구요?"

"……"

"아니, 걔는 그냥 무난하던데. 갑자기 A를 주더라고요. 자기 취향이었… 실장님?"

종합 평가 옆 칸에 써 있는 유일한 평가.

급한 와중에도 상준이 남긴 하나의 코멘트가 그의 눈에 들어왔다.

[도화지].

그 한마디가 지닌 의미를 눈치챈 조승현 실장의 입에서 담담한 말이 흘러나왔다.

"이 애, 한번 데려와 봐."

*　　　　*　　　　*

"자, 자! 다들 모여봐!"

"어, 상준이 형 왔다."

"너도 모여봐!"

"어어, 뭔 일인데?"

월말 평가를 마치고 들어오자마자 자신을 부르는 손짓.

상준은 두 눈을 끔뻑이며 멤버들의 옆에 앉았다.

"엄청 중요한 일이 있거든."

선우에게 상황을 전해 들은 도영이 의미심장한 눈길로 입을 열었다.

"중요한 일?"

"아이돌 프로듀서."

2차 경연 얘기도 아니고, 특별 미팅 얘기도 아니었다.

도영의 입에서 흘러나온 말은······.

"오르비스 벌칙 정해야 해."

"맞다."

"와. 이번 연도 들어서 가장 중요한 일이네."

아이돌 프로듀서의 1주 차 경연은 방출 팀이 없는 만큼, 1위가 꼴등을 한 팀에 벌칙을 부여하기로 했었다. 문제는 그 꼴등 팀이 오르비스라는 것. 멤버들의 눈빛이 동시에 반짝였다.

"아, 어쩐지. 아까부터 연락 엄청 오더라."

월말 평가 도중에 꺼놨던 휴대전화를 켜놓자 순식간에 문자 20여 통이 쏟아졌었다. 전부 해강이 보내온 것이었다.

[선배님]

[선배님?]

[???]

[야]

[아 좀……;;;]

[봐줘. 알지?]

「흉부외과—기억의 시간」 시청률 공약 현장에서 상준이 행했던 공약을 기억하는 해강으로선 비슷한 일이 자신에게 벌어지리란 걸 짐작한 모양이었다.

[108배는 빼줘…….]

[아니, 야외 벌칙을 빼줘.]

해강이 보내온 문자에는 간절함이 드러나 있었다.

"쓰읍, 건방지네."

유찬은 혀를 차며 고개를 저어 보였다.

"무조건 야외지."

"홍대 한복판?"

"이거지."

오르비스를 괴롭힐 궁리라면 아이디어가 넘쳐흐르고도 남았다. 상준 역시 생글거리며 손뼉을 쳤다.

"일단 의견을 모아보자. 한 명씩."

"좋다. 누구, 생각나는 사람?"

원래는 유이앱 방송으로 탑보이즈의 벌칙 선정 현장을 찍을 예정이었지만 이미지 관리 목적에서 취소되었다. 선우는 혹시 모르는 일을 대비하기 위함이라는 조승현 실장의 깊은 뜻에 공감했다.

'다들 너무 사악해 보여……'

오르비스를 골탕 먹이는 일에 있어서 너무 진심이 느껴졌다.

"아, 나! 생각났어!"

열심히 두 눈을 굴리던 제현이 해맑게 손을 들었다.

"막대 사탕 공장에 보내 버리자."

"…체험, 삶의 현장이냐."

"어때?"

"막대 사탕은 네가 먹고?"

"엉. 창조경제."

제현의 해맑은 사악함 앞에서도 선우는 뿌듯한 얼굴로 고개를 끄덕였다.

"와, 어려운 말도 아는 거 봐. 똑똑하네, 막내."

"……"

"막대 사탕 말고 그럴싸한 게 뭐가 있나."

각종 의견들이 나왔지만 멤버들의 마음을 사로잡을 만한 벌칙은 좀처럼 나오질 않았다. 답답했던 유찬이 퉁명스레 말을 뱉었다.

"차라리 상준이 형이 했던 거 그대로 시키자니까."

'내가 했던 거……?'

그 순간. 줄곧 고민에 빠져 있던 상준의 눈이 반짝였다. 자신의 수많은 흑역사 중 하나. 오르비스에게 너무도 잘 어울릴 거 같은 벌칙.

"내가 했던 거라면……."

상준은 앞으로 튀어나오며 천천히 입을 뗐다.

"이건 어때?"

*　　　*　　　*

　　저 위로 올라가 보려 해
　　꿈꿀 수 없는 높은 탑이라고 해도

자꾸만 귓가를 맴도는 노래. 상준은 EIFFEL의 멜로디를 따라 손가락을 까닥였다. 월말 평가가 끝난 지 이틀이나 지났지만, 묘한 목소리는 상준을 줄곧 끌어당겼다.

"한새별이랬나."

상준은 그때 그 여학생의 이름을 곱씹으며 작게 중얼거렸다. 그와 동시에 그다지 반갑지 않은 얼굴이 함께 떠올랐다.

'어때요, 원곡자님?'

껄렁껄렁한 태도로 '모닝콜'을 불렀던 연습생.

기분 나쁜 태도에 싸늘하게 대한 것은 사실이었지만, 상준은 그의 능력은 인정하고 있었다.

한새별이 도화지라면, 홍주형은 붓이었다.

정돈되지 않은 붓. 아무도 관리하지 않아 제멋대로 굳어버린 붓.

'둘의 목소리가 합쳐진다면 어떨까.'

감정이 실리지 않은 무채색의 한새별에게 홍주형이 색을 입혀 준다면. 상준은 머릿속으로 둘의 무대를 그려보았다.

"으음."

둘의 음색을 번갈아 떠올려 본 상준은 고개를 천천히 까닥였다.

전혀 다른 음색이 어우러지며 만들어낼 시너지와 그에 걸맞은 곡.

"알 거 같기도 한데……."

선명하게 떠오르진 않는다.

"둘 다 조금만 건드려 주면 될 거 같단 말이지."

한새별에겐 감정이 부족하고, 홍주형에게는 열정이 부족하다.

그런 둘이 힘을 더하면 부족한 점을 채워줄 수 있으리란 생각은 들었지만 아직 확신은 아니었다.

상준은 머리를 감싸며 깊은 생각에 잠겼다. 아직 전문 프로듀서가 아닌 상준이 만들어내기엔 다소 어려운 그림이었다.

하지만, 도전해 보고는 싶었다.

'언제 기회가 된다면…….'

"형?"

"형? 뭐 해?"

아.

"끄아아악! 엄유찬, 너 거기 안 서?"

"서란다고 서겠냐. 하여간 대가리는 장식으로……."

"뭐, 이 새끼야?"

"……"

상준은 한숨을 내쉬며 벌떡 고개를 들었다.

이 망할 연습실은 악상을 떠올릴 시간도 주질 않는다.

"우리 유이앱 준비해야 하는데."

"유이앱?"

상준은 눈앞에 서 있는 제현을 올려다보며 자리에서 벌떡 일어났다. 그 짧은 사이에 무슨 일이 있었는지는 모르겠지만 도영과 유찬은 어김없이 싸워대고 있었다.

"도영이 잡아 왔어요."

"아악! 아아악!"

오늘의 승자는 유찬인 모양이었다. 상준은 가볍게 혀를 차며 바지에 묻은 먼지를 털었다.

"연습 유이앱이지?"

"예압. 선우 형, 거기 음악 좀 준비해 줘."

"오케이."

무대효과를 살린 우진의 작곡이 끝나고 상준이 대강 손을 본 다음, 안무 창작은 유찬의 몫이었다. 아직 완벽히 안무가 다듬어진 건 아니었지만, 촬영 날이 일주일도 채 남지 않은 만큼 오늘 연습 영상을 찍기로 한 상태였다.

"유이앱 오랜만이네."

겸사겸사 팬들과의 소통도 할 생각이었고.

상준은 카메라를 보기 좋게 설치하고선 자리를 잡았다.

"안녕하세요오!"

"헉, 나이스 투 밋 유?"

"상준이 형 성대모사야?"

"…다들 조용히 좀 해봐."

방송 시간을 따로 예고하지도 않은 깜짝 유이앱이지만 곧바로 팬들이 쏟아져 들어왔다. 도영은 흥분했는지 상기된 얼굴로 제자리에서 폴짝폴짝 뛰고 있었다.

"어휴, 정신 사나워."

유찬은 고개를 절레절레 저으며 한숨을 내쉬었다.

그사이 시청자는 빠르게 불어났다.

"헉, 벌써 3천 명."

"이제 슬슬 시작할까요?"

정식 활동을 쉬고 있지만 「아이돌 프로듀서」로 새 팬들이 늘어나고 있다는 소식이 들려왔다. 첫 무대였던 「낙엽의 시간」이 차트 상위권을 석권하며 다시보기 영상에서도 1위를 차지했기 때문이었다.

우진만 그 덕을 본 건 결코 아니었다. 유이앱을 켤 때마다 시청자 수가 늘어가고 있다는 건 멤버들도 체감하고 있었으니.

"반가워요!"

"꺄아아아! 소리 질러어!"

덕분에 탑보이즈 멤버들의 텐션도 함께 올라갔다. 상준은 하늘을 뚫을 거 같은 도영을 진정시키며 조심스레 입을 뗐다.

"네, 저희가 아이돌 프로듀서 2주 차 경연 연습하고 있거든요."

—오르비스는?

—벌칙 정해졌어요?

—벌칙 머임?

—무대 뻐르 보여주세여!!!!

—이번엔 무슨 곡임?

오르비스의 벌칙에 대한 질문이 반, 경연 선정곡에 대한 질문이 반이다. 유감스럽게도 둘 다 지금 당장 말해줄 수 있는 사안이 아니었다.

"으음."

잠시 고민하던 선우가 미소를 지으며 찬찬히 설명했다.

"저희가 벌칙은 정했는데 그건 비밀이고……."

"푸흡."

"야, 왜 벌써 웃냐."

정해진 벌칙을 떠올린 제현은 표정 관리를 하지 못하고 고꾸라졌다.

"……."

선우는 소리 없이 웃어대는 제현을 외면하며 말을 이어갔다.

"무대는 살짝 스포만 하도록 하겠습니다."

무대효과 중에서도 '불'을 활용한 무대.

노래를 미리 공개할 수는 없으니 하이라이트 안무만 살짝 공개하겠다던 멤버들의 시선이 일제히 카메라로 향했다.

—오…….

—느낌 오는데??

—머지, 이건 또 두근…….

─꺄아아아아아아

이 무대의 핵심은 표정연기다.

상준은 중앙에 선 채 손을 앞으로 뻗었다.

불이 타오르는 걸 형상화하듯 순식간에 멀어졌다가 한데 모이는 멤버들.

그리고.

"네, 끝났습니다!"

─????????????????????????

─무수한 갈고리를 수집하고 계신 탑보이즈

─다시 보여주세요

─이게 머람ㅋㅋㅋㅋㅋㅋㅋㅋㅋㅋㅋㅋ

─1초 만에 끝난 무대 잘 봤습니다

─티저 영상도 이것보단 긴데…….

─얘들아 ㅠㅠ 할미가 눈이 침침해서 그런데 좀 제대로 보여주지 않으련?

"아앗."

"아니, 형 1초 만에 끝내면 어떡해."

"이게 하이라이트인데?"

곡의 주제인 '불' 못지않게 불타오르는 댓글창에, 선우는 머쓱한 미소를 지어 보였다.

"다시 보여달라는데."

"아, 그래?"

선우를 제외하고 화면에서 떨어져 있던 멤버들은 선우의 말을 곧이곧대로 믿고 있었다. 다시 보여달라는 말의 의미를 있는 그대로 받아들인 멤버들의 무대가 반복되었다.

"네, 끝났습니다!"

─…….
─안 해! 때려치워!
─거 1초는 너무한 거 아니오…….
─띠용. 방금 뭐가 지나쳐 갔는데…….
─할미는 무대를 못 보고 죽겠어……. 얘들아…….

아련한 팬들의 댓글을 놓친 탑보이즈는 생글거리며 자리에 앉았다. 뒤에서 한숨을 쉬고 있는 송준희 매니저의 얼굴이 상준의 눈에 들어왔지만 제대로 댓글을 보지 못한 상준은 단단한 오해를 하고야 말았다.

'아, 너무 스포했나.'

스포에 민감한 이유는 따로 있었다.

'뭐부터 보여 드릴까요? 춤, 노래, 뮤비.'

EIFFEL 때 대놓고 처음부터 끝까지 다 보여준 탓에 조승현 실장에게 타박을 받았던 탑보이즈. 이번에는 같은 실수를 반복하지 않겠다는 의지였는데…….

'아니, 애들이 중간이 없어.'

송준희 매니저는 머리를 짚으며 탑보이즈 멤버들을 살폈다. 다행히도 선우의 무난한 진행 덕에 화제는 팬들의 퀴즈로 돌아갔다.

"무인도에 가면 챙겨 가고 싶은 것은?"

상준이 출연했던 「무인도의 법칙」을 고려한 질문인 모양이었다. 상준은 미소를 지으며 그때의 경험을 살려 현실적인 답변을 내놓았다.

"일단 기본적으로 불……."

문제는, 그런 상준을 막아선 제현이었다.

"안 돼, 스포하지 마."

"네?"

─????? 머야 이건 또
─아……. 주제가 불이구나!!!
─불이래요 불!!!

"……."

"앗."

제현은 두 눈을 끔뻑이며 그대로 멈춰 섰다. 마치 일시정지를 한 듯한 부자연스러운 몸짓. 이미 건 수를 잡은 팬들이 열심히 채팅을 치고 있었다. 유찬은 그런 제현의 머리를 툭툭 쓰다듬으며 묵직한 한마디를 던졌다.

"아이고, 우리 막내."

'가만히 있으면 반은 가는데.'

차마 뒷말은 할 수가 없었지만, 영문 모를 표정으로 눈만 굴리고 있는 제현을 본 도영이 다급히 말을 덧붙였다.

"아아! 아아아!"

"뭐죠?"

"저도 챙겨 갈 거 있어요."

"오, 궁금한데요."

제현의 실수를 덮기 위해, 선우가 적극적으로 질문을 퍼부었다. 하지만, 필터링을 거치지 않고 나온 도영의 말은 그야말로 헛소리였다.

"상준이 형……?"

"아?"

졸지에 무인도에 끌려가게 생긴 상준이 화들짝 놀라 일어섰다.

분명 아무 생각 없이 뱉어낸 말임에도 뒤늦게 이어가는 도영의 근거는 제법 논리적이었다.

"삽질도 시키고, 불도 피우게 시키고, 밥도……."

"거의 노예인데?"

"…제 의사도 물어주세요."

"그딴 거 없어요."

쿨럭.

냉정한 도영의 한마디에 상준의 동공이 빠르게 흔들렸다. 도영의 말을 잠자코 듣고 있던 제현은 불쑥 끼어들었다.

"아, 너무 좋은 아이디어인 거 같아요. 여기서 상준이 형이 가장 삽질을 잘하……."

"스포한 사람은 뒤로 가시고."

"…네."

도영의 칼같은 한마디에 제현은 고개를 푹 숙이며 뒤로 빠졌다.

팬들과의 소중한 유이앱인 만큼 줄곧 상기되어 있는 분위기.

"헉, 그다음 질문! 또 뭐가 있죠?"

단체로 신이 나서 진행을 이어가고 있던 순간.

"어?"

벌컥.

연습실 문을 열고 한 로드매니저가 들어왔다. 낯선 얼굴을 보아하니 JS 엔터의 직원은 아닌데……

남자의 얼굴을 유심히 살핀 상준은 뒤늦게 알아챘다. 방송국을 지나쳐 가며 몇 번 본 적 있던 얼굴. 오르비스의 로드매니저였다.

'저 사람이 여길 왜……'

멤버들이 복잡한 생각을 정리하는 사이, 이어진 말은 더욱 충격이었다.

"오르비스 지금 도착했는데요."

―?????

―형이 왜 거기서 나와?

「아이돌 프로듀서」의 꼴등 팀이자, 탑보이즈의 영원한 숙적이.

JS 엔터의 연습실을 찾아왔다.

"…미션 수행하러 왔는데요."

*   *   *

"분명 홍대 한복판 아니었나."

"그건 죽어도 싫다 그랬대."

"그럴 만도 하지."

갑작스러운 합방. 탑보이즈의 유이앱을 보고 있던 팬들은 잠시 당황했지만 이내 뜨겁게 달아올랐다. 「아이돌 프로듀서」의 벌칙 수행 현장을 실시간으로 볼 수 있게 된 덕분이었다.

"벌칙이 장난 아니긴 한데……."

제현은 웃음을 참기 위해 애를 쓰며 공손히 두 손을 모았다.

문 옆에 서 있던 오르비스가 쭈뼛쭈뼛한 자세로 걸어 들어왔다.

"안녕하세요, 오르비스입니다!"

인사는 힘차게 하긴 했지만…….

표정을 보아하니 다들 울상이다. 상준은 입을 가리며 자신을 노려보고 있는 해강의 시선을 피했다.

사실 벌칙의 정체는 탑보이즈와 오르비스 두 팀만 알고 있는 상황.

―뭔지 진짜 궁금하다.

―108배 시킨다는 썰도 있던데

―ㅋㅋㅋㅋㅋㅋㅋㅋㅋㅋ

―상준이가 자기도 했던 거라고 걱정 말라던데. 솔직히 상준이가 했다는 거 자체가 더 불안해야 할 포인트 아님?

─ㅇㅈㅇㅈ

쏟아지는 댓글은 벌칙에 대한 기대감으로 가득 차 있었다.

"크흠."

"네, 시작할게요."

선우는 담담한 목소리로 입을 열며 상준이 했던 말을 떠올렸다.

'내가 했던 거라면……'

백전백승. 새로운 아이디어를 들고 오기만 하면 줄곧 성공시키던 상준이, 처음으로 미끄러졌던 계획이 있었다.

오늘은 바로 그 계획을 오르비스를 통해 재현해 낼 생각이었다.

벌칙을 고민하던 순간 상준이 내걸었던 제안.

'제가 편곡한 곡을 선물해 줄까 하는데요.'

상준이 '모닝콜'과 '밤바다'를 포함한 유명곡들을 작곡했다는 건 오르비스도 아는 얘기였다. 그렇기에 처음 상준의 말을 들었을 때는 안색이 밝아질 수밖에 없었다.

'역시 내가 설득한 게 먹혔다니까.'

'야, 이해강 능력 있네.'

오히려 벌칙이 아니라 상이라고 느껴질 정도의 화끈한 결정이다.

하지만, 그 뒷말을 들은 오르비스의 표정은 결코 밝지 못했다.

두두둥.

웅장한 BGM과 시작되는 익숙한 멜로디.

제현은 어느새 손을 모은 채 두 눈을 반짝이고 있었다.

기대감에 가득 찬 제현의 입에서 설레는 한마디가 튀어나왔다.

"감자도리……."

제5장

출발

오르비스가 그토록 피하고 싶었던 상준의 편곡은…….

바로 「스타들의 레시피」에서 1등을 거머쥐고 난 뒤에 탑보이즈가 선보였던 감자도리 주제곡이었다.

"와아아아!"

"외쳐! 오르비스!"

원래 사이가 안 좋은 그룹이라는 게 믿기지 않을 정도로 탑보이즈는 힘차게 오르비스를 응원했다.

"너무 멋있다아!"

물론 덧붙이는 말들은 사실이 아니었지만.

"……."

해강은 그답지 않게 붉어진 얼굴로 무대 중앙에 섰다. 이미 댓글창은 웃음소리로 도배되어 있었다. 그 이유는 오르비스 멤버들의 파격적인 패션 때문이었다.

"아니, 너네는 이런 건……. 안 입었잖아……."

해강이 울상이 된 얼굴로 작게 중얼거렸다. 그러나, 이미 탑보이즈는 숨이 넘어가라 웃어대고 있었기에 해강의 투정을 듣지 못했다.

동글동글한 감자 옷을 입은 채 뒤뚱거리고 있는 해강. 그 옆에 선 오르비스의 리더, 검은 머리는 고구마 옷을 입고 있었다.

"어울려요! 와아아아!"

도영은 쥐구멍으로 도망치고 싶어 하는 오르비스를 보며 기름을 부었다. 동글동글한 감자 옷을 입고 부르는 감자도리 주제곡이라니. 여기서 진심으로 오르비스를 응원하고 있는 건 제현뿐이었다.

"감자도리……."

"야, 네가 그럴 때마다 쟤네가 자괴감 든다잖아."

"그러라고 하는 거야……."

유감스럽게도 제현 역시 진심은 아닌 모양이었다.

상준은 간신히 웃음을 참으며 금방이라도 굴러갈 듯한 오르비스를 둘러보았다.

그렇게 상준의 명곡이 시작되었다.

'돌림노래 알지? 한 사람이 먼저 시작하면, 다른 사람이 한 템포 늦게 들어가는 거야.'

노래에 새로운 시도를 할 때마다 거의 다 성공시켰던 상준이다.

하지만, 99프로에 가까운 상준의 성공률을 100프로로 만들지 못했던 무대.

"도리"

"도리도리."

"도리도리도리."

—이 무대를 다시 보다니 ㅋㅋㅋㅋㅋㅋㅋ

—아 도랐ㅋㅋㅋㅋㅋㅋㅋ

—도리도리……. 오르비스 도리도리…….

이미 반쯤 체념한 듯 웅장한 보이스로 시작하는 해강의 음에 검은 머리가 차곡차곡 음을 쌓았다.

"이야, 노래 잘하네."

한 단계씩 높아지는 음정에서도 흔들림 없이 웅장함을 유지하는 오르비스. 원곡자는 흐뭇한 미소를 지으며 고개를 까닥였다.

"감자아―"

"감자 감자아―"

"도리도리."

"도리이―"

돌림노래라는 특성상 곧바로 반복되는 멜로디가 흘러나왔다.

이제 여기서 오르비스가 선보여야 할 것은.

'헤드스핀이지.'

도리도리라는 노래의 가사를 고스란히 담아내었던 유찬의 헤드스핀. 유찬은 그때의 기억이 떠오르는지 붉어진 얼굴로 헛기침을 했다.

그리고.

"와아아아아악!"

원곡 무대를 충실히 구현하기 위해, 해강이 앞으로 나섰다.

데굴데굴 굴러가는 감자처럼 화려한 헤드스핀을 선보이면 되는데…….

"으악! 으아악!"

"……."

우당탕탕.

당시 아무것도 입지 않고 있었던 유찬과는 달리 해강은 감자 옷을 두르고 있었다. 그 사실을 망각한 해강이 앞으로 고꾸라지자 한바탕 난리가 났다.

그러니까.

해강은 정말 감자처럼 데굴데굴 굴러가고 있었다.

─아아 그는 갔습니다.

─감자! 감자아! 도리도리!

─ㅋㅋㅋㅋㅋㅋㅋㅋㅋㅋㅋ뭔데

─이해강 얼굴 빨개졌는데 ㅋㅋㅋㅋ

"아아……."

상준은 안쓰러운 해강의 뒷모습을 바라보며 나직이 중얼거렸다.

"아니, 감자 옷은 뺏어야지. 다치면 어떡해."

"…그거 형 아이디어잖아."

제현의 솔직한 팩폭에 상준은 조용히 입을 다물었다.

한 바퀴 굴러간 해강이 다행히도 멀쩡히 일어났고, 감자도리 주제곡은 하이라이트를 향해 치달았다.

"감자아—!"

"감자아—!"

다시 봐도 감동적인 무대. 여럿의 목소리가 어우러지며 만들어내는 하모니. 원곡자는 박수를 치며 깊은 감동의 뜻을 밝혔다.

—상준이 표정 뭐야 ㅋㅋㅋㅋㅋ

—왜 네가 심취하는 건뎅…….

—지금 되게 만족한 거 같은데?

정말 훌륭한 무대였다.

"네, 재미와 감동을 모두 잡은 무대였던 거 같습니다."

선우는 마이크를 든 채 진지한 얼굴로 진행을 이어갔다.

"어어억!"

그사이 중심을 잃은 해강이 다시 앞으로 고꾸라졌지만 말이다. 해강은 머쓱한 미소를 지으며 카메라를 향해 손을 흔들었다.

'프로다.'

딴건 몰라도 이번 건은 인정해야 한다는 생각에 상준은 웃음을 참으며 해강에게 다가섰다.

"네, 제가 바로 이 원곡자입니다."

"와아아!"

"원곡자분, 훌륭한 무대를 선보여 주신 오르비스분들에게 한 말씀 하시죠."

탑보이즈와 오르비스의 불화설이 종종 돌았던 터라, 오히려 이 상황이 JS 엔터와 YH 엔터 모두에게 나쁘지 않은 기회였다. 송준희 매니저는 흐뭇한 미소를 지으며 둘을 번갈아 바라보았다.

"네."

마이크를 잡은 상준은 해강의 앞에 서서 악수를 내밀었다.

"좋은 무대 펼쳐주셔서 감사……."

아.

입가에 미소를 머금은 채 자신을 빤히 바라보고 있는 해강.

맞잡은 손에서 악력이 느껴졌다.

"하하."

"하하하……."

상준과 해강은 서로를 바라보며 너털웃음을 터뜨렸다.

이거 좀 놓으라며 은근한 눈짓을 주어도 해강은 생글거릴 뿐이었다.

「운동 신경의 천재」.

때문에 상준은 재능의 힘을 빌리기로 했다.

"어후."

해강의 눈빛에 당황함이 고스란히 느껴지긴 했으나 뒷말은 제법 자연스러웠다.

"아이고, 감사합니다."

"그럼요. 이런 좋은 곡을 주셔서 제가 더 감사하죠."

부들부들 떨리는 손.

열심히 위아래로 손을 휘젓는 둘을 바라보며.

　

—어머 둘이 친한 거 봐

—불화설 누가 주장했냐 진짜

—싸우면서 정든 건가 ㅋㅋㅋㅋㅋㅋ

　

시청자들은 큰 착각을 하고야 말았다.

＊　　　　　＊　　　　　＊

"아악! 내 손!"

"……."

"아니, 그런다고 그걸 그렇게 세게 잡냐?"

아까부터 모기가 윙윙거리는 소리가 들린다. 상준은 허공을 바라보며 혀를 찼다.

"야, 야!"

"아, 왜."

방송이 끝난 뒤에도 투덜거리던 해강은 어느새 JS 엔터의 작업실 앞까지 따라와 있었다. 심기가 불편해 보이는 상준을 보고는 금세 입을 닫아버리는 해강이다. 그래도 조금의 눈치는 있는 모양이었다.

"본론부터 말해봐. 이유가 있을 거 아냐."

정확히는 첫 번째 경연 이후로 유난히 태도가 바뀐 데에 대한 이유를 듣고 싶은 거긴 했지만. 상준은 담담한 표정으로 해강을 돌아보았다.

"이거 때문에."

슬쩍 상준의 눈치를 살피던 해강은 주머니에서 USB를 꺼내놓았다. 느닷없는 해강의 행동에 상준은 당황스러운 표정으로 물었다.

"이게 뭔데?"

"들어보라고."

상준은 인상을 찌푸리며 해강의 USB를 데스크탑에 꽂아 넣었다. JS 엔터 근처에도 오기 싫어하던 해강이 작업실까지 따라와 자신에게 부탁하는 이유.

"두 번째 경연이 걱정돼서?"

"……."

상준의 돌직구에 해강은 잠시 망설였다. 고집도 세고 자존심도 센 그의 성격상 그걸 인정하기란 쉽지 않을 거라 생각했다.

그런데.

"그것도 있고. 그냥……."

"어?"

"내 곡이 부족한 거 같아서."

담담한 목소리로 흘러나오는 해강의 진심. 상준은 의외라는 듯 해강을 바라보았다. 뭘 잘못 먹은 거 같진 않고, 아까

구를 때…….

"머리를 다쳤나?"

"뭔 소리야, 그건."

황당하다는 듯 내뱉는 해강의 말을 무시하고 그가 건넨 노래를 틀었다. 최종본인지 손본 티가 제법 나는 해강의 노래. 상준은 두 눈을 감은 채 그의 노래에 집중했다.

통통 튀는 베이스와 그 위로 부드럽게 덮어지는 멜로디. 마치 짙은 안개를 헤치고서 걸어가는 듯한 기분이 든다.

두어 소절을 듣던 상준은 해강이 표현하려 했던 무대효과를 알아챘다.

"이거 안개, 그런 건가."

"헉."

사실 집중해서 듣지 않는다면 알아챌 수 없을 정도의 미묘한 존재감이다. 그걸 모르는 해강은 뿌듯한 표정으로 나불대기 시작했다.

"이야, 내가 그렇게 표현을 잘했나."

"……."

상준은 해강의 헛소리를 가뿐히 무시하고 다시 노래에 집중했다. 지난 경연에서 해강이 선보였던 「Take my life」보다는 화려함을 한 톤 죽인 노래다. 물론 안개를 표현하는 곡의 주제상 그런 것도 있겠지만, 해강이 의식한 부분도 적지 않았다.

'버리기.'

확실히 달라졌다. 단순하면서도 필요한 부분에는 힘을 실은 노래.

그때 상준이 건넸던 조언을 나름 반영한 모습이었다.

"나쁘진 않네."

"어?"

뜻밖의 호평에 해강은 두 눈을 번쩍 떴다. 예전에는 자신의 말이면 무시하고 보던 녀석이 저렇게 기뻐하는 모습을 보니 아이러니하긴 하다만. 상준은 담담한 목소리로 말을 이었다.

"난잡한 건 남아 있긴 해."

"아."

단순한 해강의 어깨가 금세 처졌다. 하지만, 이 정도의 노래라면 간단히 손만 보면 된다. 상준은 노래의 트랙을 빠르게 눈으로 스캔했다.

「21세기의 베토벤」.

상준은 트랙을 살피며 확신에 찬 목소리로 파트를 클릭했다.

"이건 왜 넣은 거야?"

디리링.

노래의 메인 멜로디를 받쳐주는 일렉기타 사운드. 해강은 망설임 없이 상준의 물음에 답했다.

"그거 사운드가 어울리잖아. 중요한 포인트인데?"

"그래?"

"어……?"

순식간에 트랙을 지워 버리는 상준. 해강은 당황한 표정으로 두 눈을 끔뻑였다.

무자비한 삭제는 계속 이어졌다. 분위기를 살리겠답시고 넣었던 어쿠스틱기타 사운드와 오묘한 분위기를 자아내는 효과음들도. 거침없이 쳐내다 보니 구멍이 뚫리고 만 트랙들.

마치 엉성한 그물처럼 텅텅 비어버린 음들을 보며 해강은 나직이 말을 뱉었다.

"이게 뭐야……?"

해강은 인상을 찌푸리며 상준을 미심쩍은 눈길로 바라보았다. 비록 작곡을 전문적으로 하는 것도 아니지만 한눈에 봐도 이 트랙은 이상했다.

"야, 이러면 소리가 텅텅 비어."

"그런가."

상준은 대수롭지 않은 듯 어깨를 으쓱였다. 그와 동시에 다시 빠르게 움직이기 시작하는 상준의 손. 잘못 바느질이 된 부분들을 헝겊으로 기우듯 상준은 순식간에 텅 빈 파트들을 채워 나갔다.

"……"

안개의 느낌을 최대한 살리기 위한 부드러우면서도 감각적인 베이스 음들. 겉의 멜로디는 해강이 거의 만들어냈으니 핵심적인 파트들만 채운다.

"뭐야……."

그 엄청난 작업 속도를 실물로 보는 것은 처음이었기에. 잠자코 앉아 있던 해강의 입이 점점 벌어졌다.

'이게 말이 돼?'

분명 오래 걸릴 거라 예상했던 작업이 끝난 건 겨우 10여 분 뒤였다.

"됐다."

"…됐다고?"

상준은 의자를 뒤로 젖히며 자신감 넘치는 눈길로 고개를 끄덕였다.

"한번 들어봐."

그 짧은 시간에 중요한 음들을 다 쳐내고 새로운 음들을 끼워 넣다니. 해강은 반신반의하는 기분으로 조심스레 곡을 틀었다.

그리고.

"와……."

두 소절이 채 끝나기도 전에, 해강은 저도 모르게 탄성을 터뜨렸다.

'이건 뭐지.'

처음 상준이 트랙들을 쳐낼 때에는 저걸 어떻게 수습할지 걱정부터 되었던 게 사실이었다. 하지만, 막상 노래를 듣고 나니 그런 걱정들은 눈 녹듯이 사라져 버렸다.

필요 없는 것들을 쳐냈음에도 불구하고 원본보다 음색이 풍부해진 노래.

'누가 들어도 좋을 텐데.'

상준은 자신감 넘치는 목소리로 말을 뱉었다.

"어때?"

*   *   *

"이번엔 우리 몇 등 할 거 같아?"

"2등은 오르비스일 거 같은데."

탑보이즈의 등수를 묻는 질문에 오르비스에 대한 대답이라 니. 제현은 고개를 갸우뚱하며 상준을 바라보았다.

상준은 피식 웃으며 그런 제현을 향해 답했다.

"1등은 우리일 거고."

"워후. 자신감 장난 아닌데?"

도영이 엄지손가락을 치켜들며 장난스레 웃어 보였다. 그 순 간, 사회자의 우렁찬 목소리가 울려 퍼졌다.

"네, 다음 무대는 탑보이즈가 준비하고 있습니다. 무대 위로 올라와 주세요!"

"…파이팅!"

상준은 가볍게 주먹을 움켜쥐고선 무대 위로 올랐다. 인이어 를 낀 상태임에도 불구하고 뜨거운 함성 소리가 귓가를 파고들 었다.

"와아아아!"

"꺄아아아악!"

오늘 선보일 곡은 우진이 작곡한 「Fire」. 노래 제목이 말하듯 무대효과 중 불꽃을 겨냥한 노래였다. 기존에 탑보이즈가 시도 하던 곡과는 완전히 다른 스타일.

「무대의 포커페이스」.

상준은 웃음기를 빼고 두 손을 모았다.

우진이 작곡한 묵직한 전주가 천천히 흘러나왔다.

'이 노래에서 가장 중요한 건 무대효과야.'

'맞지. 그게 주제니까.'

'그러니까 등장씬을… 멋있게 해보자.'

상준이 무대 연출을 고려할 때 가장 신경 썼던 파트는 도입부였다. 불처럼 강렬하고 인상적인 도입부를 위해 상준이 선택한 것은……

바로 어둠이었다.

깜빡.

불이 꺼지자 무대 위로 어둠이 내려앉았다. 한 치 앞도 보이지 않는 어둠 속에서 관객석마저 잠잠해지자, 그 속에 홀로 남겨진 기분마저 들었다.

그것도 잠시.

어둠 속을 걷고 있어

어디로 가는지 모르지만

은은한 조명이 상준의 머리 위를 비추었다.

천천히 조명을 따라 앞으로 걸어 나오는 상준.

알 수 있지 않을까

그곳에 닿으면

그가 서너 걸음 정도 내디뎠을 때일까.

파아아악—.

"와아아아!"

무대 양끝에서 동시에 화염 효과가 터져 나왔다.

그와 동시에 이어지는 환호성. 멤버들은 자신감 넘치는 눈길로 상준을 따라 무대 중앙에 섰다.

"꺄아아아악!"

"탑보이즈! 탑보이즈! 탑보이즈!"

잔잔한 분위기로 시작해 무대효과로 분위기를 반전시켜 버리는 연출. 단체로 야광봉을 흔들고 있는 팬들의 함성 사이로 도영이 힘찬 노래를 시작했다.

이 어둠이 날 가두기 전에
Fire Fire Fire
그 불꽃 속에 뛰어들고 싶어 난

평상시 생글거리던 눈빛은 어디로 가고 곡에 맞게 180도로 변하는 멤버들의 분위기. 상준은 절도 있는 동작으로 파워풀함을 살려냈다.

'안무 잘 짰네.'

유찬이 직접 창작한 안무는 화려한 노래의 분위기와 걸맞았다. 절도 있게 끊어지는 파트를 위주로 선보이면서도 중간중간 유연함을 살리는 것. 강약 조절이 너무도 잘되어 있는 안무에 사방에서 감탄이 들려왔다.

"와, 이번 것도 대박인데?"

"이쪽으로 카메라 잡아! 어서!"

카메라 감독들도 한층 분주해졌다. 카메라를 뚫고 나올 듯한 생생한 눈빛을 다각도에서 잡아내느라 바빴기 때문이었다.

다음 차례를 기다리던 오르비스 멤버들은 바로 아래에서 탑보이즈의 무대를 지켜보며 입을 떡 벌렸다.

"…진짜 잘 살리긴 했다."

"미쳤는데?"

불길을 연상하듯 순식간에 멀어졌다가 한곳에 모이는 멤버들.

잠시도 끊어지지 않는 현란한 동작에 팬들은 함성을 질렀다.

많이 시도해 보지 않은 장르였지만 그조차 해낼 수 있다는 것을 보여줬던 무대다.

"꺄아아악!"

"와아아아아!"

"대박이다, 대박!"

탑보이즈의 변신에 열광하는 팬들을 보며 상준은 헐떡이는 숨을 몰아쉬었다. 오랜만에 느껴지는 전율. 인이어 틈으로 팬들의 함성이 새어 들어왔다.

"허억… 헉."

상준은 그제야 미소를 지으며 카메라를 응시했다.

*　　　　*　　　　*

"네, 오르비스의 무대 시작하도록 하겠습니다!"

"와아아아!"

탑보이즈 다음 차례인 오르비스의 무대가 시작되고 멤버들은 헐떡이며 무대 아래로 내려왔다. 송준희 매니저가 엄지손가락을 치켜들며 탑보이즈를 기다리고 있었다.

"다들 수고했어."

"네, 감사합니다!"

상준은 미소를 지으며 송준희 매니저가 건네는 물병을 받아 들었다. 송준희 매니저는 고개를 까닥이며 넌지시 물었다.

"너네 바로 들어갈 거지?"

"아. 이거만 좀 보게요."

상준은 무대 위로 시선을 돌리며 말을 뱉었다. 오르비스의 편곡을 도와줬던 만큼 그들이 어떤 무대를 보여줄지 궁금했던 상준이었다.

'잘하려나.'

위아영, 드림스트릿, 에이스의 무대를 전부 살펴본 결과 상준의 예감은 그랬다. 1주 차 경연 때 두각을 보였던 드림스트릿과 에이스의 무대 반응이 생각보다 별로였으니, 어쩌면 탑보이즈와 오르비스가 나란히 1, 2등을 차지할 수도 있다는 생각.

'과연……'

물론 오르비스가 자신의 조언을 받아들인다는 가정에서였다.

상준은 물을 벌컥벌컥 넘기며 오르비스의 열정적인 무대를 올려다보았다.

힘이 들 때면 잠시 쉬어갈래
이 안개 속에 숨어버리고 싶어

통통 튀는 멜로디가 돋보이는 해강의 자작곡.

탑보이즈가 불로 화려함을 선보였다면 오르비스는 가장 잘하는 것, 가장 익숙한 것으로 돌아왔다. 안개를 주제로 그들의 데뷔곡 '첫사랑'과 비슷한 분위기를 만들어냈던 터라 호불호가 크게 갈릴 무대가 아니었다.

"오호."

그렇기에 1주 차에 혹평을 쏟아냈던 SG 엔터의 서중환 대표의 시선도 점점 바뀌어갔다.

"진짜 2등 하겠는데?"

도영이 작게 중얼거리는 말에 상준은 피식 웃음을 흘렸다.

두려울 때는 잠시 쉬어갈래
이 안개 속에서 기대고 싶어

해강이 작곡해 온 곡을 처음 들었을 때, 이미 곡은 약 70프로 정도 완성된 상태였다. 상준이 거기서 도와준 건 테크닉적으로 해강이 놓쳤던 요소들뿐이었다.

'그것도 들어줄 만했지.'

상준의 조언을 바탕으로 첫 번째 무대의 실수를 완벽히 보완하려 했던 해강의 노력. 그 노력이 고스란히 드러난 결과물이었다.

"오르비스! 오르비스! 오르비스!"

해강은 여유롭게 무대를 뛰어다니며 팬들의 호응을 이끌었다.

첫 번째 경연에서 보였던 초조함은 온데간데없는 모습이었다. 공연장을 뒤흔드는 팬들의 함성, 좋은 퍼포먼스, 그리고 함께 있는 멤버들.

그 모든 것이 어우러지게 되면 가수는 무대를 날아다닐 수밖에 없다. 정말 좋아서, 너무 즐거워서. 그렇게 무대를 한바탕 뒤집고 올 수밖에 없으니까.

'뭐야.'

지금 해강은 진심으로 즐거워 보였다. 그의 낯빛에서 처음으로 초조함이 사라진 이유도 그 때문일 터였다.

상준은 한 걸음 뒤로 물러서서 그의 무대를 계속 응시했다.

마치 어제처럼 선명한 목소리가 상준의 귓가를 울려댔다.

'네가 아무리 노력해도 내 발밑엔 따라올 거 같아?'
'재능이 없으면 때려치워, 그냥. 괜히 시간만 낭비하지 말고.'

상준은 입술을 지그시 깨물며 해강의 무대를 올려다보았다. 해강의 무대를 도와준 건 단순히 상준이 성인군자라서가 아니었다.

'아무렇지 않은 척하고 싶었으니까.'

해강을 다시 만났을 때부터 지금까지. 상준은 그의 감정적인 페이스에 말려 들어가지 않기 위해 최선을 다했다. 재능으로 해강을 누르고 한 수 위의 무대를 선보이는 것만이 그에게 복수하는 방법이라고, 은연중에 생각했던 상준이었다.

'내 곡이 부족한 거 같아서.'

허구한 날 자신의 재능을 논하며 악담을 퍼부었던 해강이 처음으로 자신의 능력을 인정했을 때, 상준은 해강을 쳐내기보다 그를 돕는 길을 선택했다.

그제야 해강의 우위에 선 기분이 들었기 때문이었다.

잊었다. 충분히 잊어서 자유로워졌다.

그렇게 스스로 되뇌었던 상준이지만, 해강의 무대를 보면서 왠지 다른 생각이 들었다.

아직 잊지 못했다고.

"하."

늘 자격지심에 갇혀 자신을 깎아내리기 위해 애를 썼던 해강. 예전대로라면 자신의 말은 듣지 않고서 제 고집만 부렸을 녀석이었다. 그런 녀석이 저리도 변해 버린 모습으로 무대 위에 서 있다.

안개 속에 들어갈래
저 멀리 가버릴래

상준은 침을 삼키며 고개를 까닥였다.

"…노래 좋네."

멜로디를 따라서 콧노래를 흥얼거리며 상준은 인정할 수밖에 없었다. 눈앞의 이해강은 더 이상 YH 엔터의 B반 연습생 이해강이 아니었다.

그리고 자신도……

'그때의 나상준은 아니지.'

상준은 두 눈을 천천히 감으며 흐릿한 미소를 지었다. 묵직하게 메고 있던 가방을 내려놓은 것처럼 어깨가 가벼웠다.

YH 엔터라는 짐도, 이해강이라는 짐도.

이제야 드디어 제대로 내려놓은 것 같았다. 전보다 한결 편안해진 오르비스의 무대를 통해서.

"아."

그리고 그 느낌이 비단 상준만의 것은 아니었던 모양이었다.

상준의 조언을 적극적으로 반영해 필요한 것들만 남겼던 인상적인 공연. 오르비스의 무대가 끝나자마자 심사 위원들의 적극적인 평이 쏟아졌다.

"너무 좋았는데요."

"첫 번째 경연이랑 비교가 안 될 정도예요."

"와아아아!"

환호 속에서 경연을 마친 해강이 마이크를 집어 들었다. 상준은 악의 없는 눈길로 그런 해강을 올려다보았다. 서중환 대표가 담담한 목소리로 해강에게 물었다.

"부담감을 많이 내려놓았나 봐요?"

해강의 무대에서 상준과 같은 포인트를 읽었던 서중환 대표. 그의 예리한 질문에 해강은 피식 웃음을 흘렸다.

순간, 자신을 바라보고 있는 상준과 눈이 마주쳤다.

"네, 그렇습니다."

해강은 고개를 끄덕이며 말을 이었다.

이번 공연을 준비할 때 계속해서 해강의 머릿속을 맴돌았던 조언이 있어서였다.

'버리기.'

처음으로 신나서 날아다녔던 무대다. 이런 무대를 만들 수 있었던 데에는 상준의 조언이 있었던 게 사실이고.

"하나씩 버려보는 연습을 해봤거든요."

어설프게 배웠던 테크닉도 버리고, 무작정 상준을 따라 트랙을 지워도 봤다. 마음에 안 드는 구간이 있으면 가차 없이 쳐냈고, 뒤늦게 집어넣었던 쓸모없는 기교도 빼버렸다.

하지만, 해강이 가장 버리고 싶었던 것은 따로 있었다. 너무 늦어버린 지금이지만 사과도 하고 싶었고.

해강은 힘겹게 입을 떼며 천천히 고개를 들었다.

"저는, 과거를 버린 거 같습니다."

*　　　　*　　　　*

"2주 차 탈락 팀은……."

"……."

"에이스입니다."

결과는 상준이 대강 예상했던 대로 나왔다. 이번 주에도 당당하게 1위를 거머쥔 탑보이즈와 그 뒤를 따라 순위가 반등한 오르비스. 3위로 비교적 안정권이었던 드림스트릿까지.

"진짜 떨어질 뻔했다고."

2주 연속 4위에 걸친 위아영 쪽에서 불안 가득한 목소리가 흘러나왔지만 가장 속상했을 것은 에이스 멤버들이었다.

1주 차 경연에서 의외의 성적으로 시청자들을 놀라게 하긴 했으나 적은 팬덤 때문인지 결국 2주 차의 문턱을 넘기진 못했다.

하지만, 그것이 단지 팬덤 때문이라고는 생각하지 않았다.

'지난주랑 너무 비슷했어.'

지난주에 호평을 받았던 무대를 복사 붙여넣기 한 듯한 유사한 분위기. 2주 사이에 변한 게 없으니 기대감은 자연히 떨어졌을 것이다.

축 처진 어깨로 촬영장을 빠져나가는 에이스 멤버들의 뒷모습. 그리고.

'저는, 과거를 버린 거 같습니다.'

처음으로 상준을 바라보며 고마움을 표시했던 해강.

그 둘을 번갈아 바라보던 상준은 다시금 깨달았다.

'변해야 해.'

이 바닥은 변해야만 살아남을 수 있다고.

*　　　　　*　　　　　*

세 번째 경연, 네 번째 경연이 진행될수록 「아이돌 프로듀서」의 시청률은 순풍을 타고 올라갔다.

두 번째 경연에서 충격을 받은 드림스트릿이 이를 악물고 올라온 결과 새로운 우승 후보로 떠올랐기 때문이었다.

세 번째 경연에선 아슬아슬하던 위아영이 결국 탈락했고, 네 번째 경연에선 제법 선방하던 오르비스마저 탈락했다.

"처음에 꼴등 한 거에 비하면 감지덕지지."

네 번째 경연 때 이해강은 나름 만족스러운 결과라며, 퍽 시원스럽게 웃었다.

그 결과, 오랜만에 비슷한 구도가 나와 버렸다.

—우승 팀 누가 될 거 같음?

ㄴ글쎄. 드림스트릿 아닐까

ㄴ난 탑보이즈에 한 표

ㄴ222

ㄴ솔직히 예측이 안 되긴 하는데, 선곡에 따라 달라질 거 같은 느낌적인 느낌?

ㄴ이게 맞다

ㄴ팬덤은 드림스트릿이 좀 더 큰데, 심사 위원 평가랑 방청객 평가가 생각보다 크지 않을까 싶음

ㄴ그냥 대중 픽도 무시할 수 없지. 그날 컨디션 따라 다를 거 같다

이미 인터넷상에선 마지막 경연을 예측하는 분석 글들이 수없이 올라오고 있었다.

"태헌이 형은 뭐래?"

"1등은 나의 것이라고 프사 메시지도 바꿔놨던데."

"하여간 못 살아."

유찬은 피식 웃으며 혀를 찼다. '모닝콜' 당시에 음악방송 1위

를 놓고 드림스트릿과 경쟁했던 일이 떠올라서였다. 프로그램 우승 자리, 유찬은 큰 욕심이 없었지만……

"아, 이기고 싶은데."

상준은 조금 달라 보였다. 모처럼만에 승부욕이 살아난 듯한 상준에 유찬은 못 말린다는 듯 말을 더했다.

"이번엔 장난 아니게 준비할 생각인가 보네."

"그렇지."

이를 악물고 준비하기 시작한 드림스트릿의 상승세는 어마어마했다. 괜히 3년 차 가수가 아님을 입증하듯 세 번째 경연, 네 번째 경연 연속으로 1위 자리를 차지하며 탑보이즈가 밀려나고야 말았다.

사실상 2 대 2의 상황이라 볼 수 있었지만, 어차피 마지막 경연에 모든 게 달려 있었다.

[뭐 하냐?]
[설마 연습함?]
[너네 주제 먼데]
[???? 왜 대답이 업서]

"에휴."

띠링— 띠리링—.

쉬지 않고 울려 퍼지는 태헌의 문자에 상준은 한숨을 내쉬었다.

"봐봐. 얘 1등 하려고 미쳤다니까."

상준은 주머니에 휴대전화를 꽂아 넣으며 자리에서 일어났다.

"애들아! 빨리 이쪽으로 와!"

아까부터 송준희 매니저가 탑보이즈를 애타게 부르고 있었기 때문이었다. 상준은 두 손을 주머니에 찔러 넣으며 발걸음을 재촉했다.

"어후, 추워."

거의 3월에 가까워진 날씨지만 두 손이 얼어버릴 정도로 추웠다. 이런 추운 겨울날. 탑보이즈는 모처럼만에 팬들을 위한 촬영을 하러 왔다.

"네, 탑보이즈의 네 번째 챌린지! 오늘은 저희가 뜻깊은 활동을 하러 이곳을 찾았습니다!"

"와아아아!"

새해 일출을 본 뒤 거의 2개월 만에 돌아온 네 번째 챌린지는 이전에 선우가 제안했던 봉사활동이었다. 그중에서도 벽화 그리기 봉사활동이 멤버들을 기다리고 있었다.

"와, 그냥 아무거나 그리면 돼요?"

원래는 주로 그림을 잘 그리는 봉사자들이 마을 벽화를 그려주는 재능 기부의 차원이나, 이번 봉사활동은 탑보이즈의 화제성을 고려한 마을 차원의 결정이었다.

연예인의 활동 하나하나로 관광 명소가 될 수도 있으니 흔쾌히 건넨 제안이지만.

"여기 한구석만 그리면 되는 거죠?"

탑보이즈의 입장에선 부담감이 생길 수밖에 없었다.

"형, 그림 잘 그려?"

"으음."

유찬은 상준의 눈치를 살피며 조심스레 물었다. 붓을 제대로 잡아본 적도 없는데 캔버스도 아니고 벽화라니, 도통 자신감이 생기질 않아서였다.

사실 그림에 있어서는 상준도 일가견이 없었다. 따로 전문적으로 배운 적도, 관심을 가져본 적도 없으니 말이다.

하지만.

'기왕 할 거면 열심히 해야지.'

그게 상준의 마인드였다. 덕분에「아이돌 프로듀서」를 준비하는 짧은 기간 동안 틈틈이 구상해 둔 그림이 대강 머릿속에 잡혀 있었다.

「미술 천재의 명화」.

더욱이 재능도 있었고.

상준은 허공에 떠 있는 보라색의 책 한 권을 옆으로 밀어놓으며 작게 중얼거렸다.

"생각보다 작네."

"우리가 말아먹을까 봐 그랬나 봐."

탑보이즈에 할당된 칸은 골목이 꺾어지는 모서리에 자리하고 있는 조그만 벽 한 칸. 벽화라고 해서 길게 이어지는 그림 도안을 생각했던 상준은 제법 당황했다.

"이 크기에 그릴 만한 배경……."

원래는 오른편에 탑을 그리고 배경으로 밤바다를 그릴 생각이었다. 칸이 좁아졌다고 해서 큰 문제는 없었지만 같은 도안을 놓고 봤을 땐 윗부분이 다소 빌 수가 있었다.

"위에는 뭘 그리는 게 좋을까?"

상준은 팔짱을 낀 채 도영을 돌아보았다. 잠시 고민하던 도영이 쓸 만한 의견을 내놓았다.

"탑에 소원을 비는 느낌으로. 우리가 갖고 싶은 거, 바라는 것들을 그려보면 되지 않을까?"

도영의 말이 끝나자마자 유찬은 담담하게 일침을 날렸다.

"카메라 앞이라고 정상인 소리만 하는구나."

"아?"

"미안, 속으로 생각하던 건데."

유찬은 흠칫 놀라며 카메라를 향해 작게 중얼거렸다.

'편집, 편집.'

라이브 방송이 아니라 얼마나 다행인지.

송준희 매니저는 혀를 차며 유찬에게 눈치를 주었다. 하지만, 저렇게 투닥거려도 제법 잘 붙어 있다.

"차도영! 차도영! 여기 와서 물감 좀 칠해봐!"

"뭐야, 이건. 뭐 그리는 건데."

상준이 표면에 젯소 칠을 마치는 동안, 간단하게 구상을 마친 멤버들이 밑그림을 그리겠다고 달려들었다. 제법 섬세한 손길로 천천히 벽화의 공간을 채워가는 탑보이즈.

벽 중앙에 탑 밑그림을 그린 상준은 여전히 투닥거리고 있는 유찬 쪽을 돌아보았다.

그런데.

"뭐 그리냐."

"돈."

두 눈을 반짝이며 열심히 붓을 놀리고 있는 유찬. 상준은 유찬의 당당한 대답에 적잖이 감탄했다.

꿈이나 팬, 음악과 같은 감성적인 소망들을 벽화 위에 그려 나갈 줄 알았는데…….

"신사임당 어떻게 그리지. 너무 어려운데."

"그렇게 디테일하게 그린다고?"

"세종대왕님……."

아예 지폐까지 나란히 꺼내놓고 본격적으로 그리고 있다. 상준은 고개를 절레절레 저으며 도영을 돌아보았다.

워낙에 해맑은 도영답게 꿈과 희망에 가득 찬 소망을 그릴 줄 알았던 도영 역시 유찬과 크게 다를 게 없었다.

"이번에 신차가 나왔던데."

"……."

"근데 나 운전면허 없지?"

"형은 차도 없잖아."

중얼거리는 도영에 대고 해맑게 뼈를 때리는 제현까지.

상준은 두 눈을 끔뻑이며 생각하기를 포기했다. 마을 벽화에 참으로 현실적인 것들을 그려가는 멤버들을 보면서, 상준은 탑을 빌딩으로 바꿔야 하나 진지하게 고민했다.

"이참에 건물주로……."

"그거 괜찮네."

단체로 자본주의의 노예가 되어버린 탑보이즈. 그 와중에 유일하게 소박한 소망을 그려가고 있는 건 바로 제현이었다. 선우는 흐뭇한 미소를 지으며 제현이 정교하게 그려놓은 막대 사탕 꽃다발을 바라보았다.

'심지어 잘 그리잖아?'

대수롭지 않게 고개를 들었던 상준도 두 눈을 번뜩 떴다.

형형색깔의 막대 사탕들이 섬세하게 표현된 그림. 벽화에 그림을 그리는 것이 처음일 텐데도 마치 캔버스에 그린 것처럼 색이 적절히 녹아들어 갔다.

막대 사탕 막대기로 미니어처 모형을 만들었을 때부터 알아봐야 했지만, 제현은 상준의 생각보다 손재주가 있었다.

"그나마 다행이네."

상준은 피식 웃으며 붓을 빠르게 움직이기 시작했다.

「미술 천재의 명화」.

이제는 재능을 선보일 생각이었다. 밑그림을 바탕으로 상준은 빠르게 색을 덧칠했다. 잠시나마 빌딩이 될 뻔했던 탑은 몽환적인 비주얼을 자랑하며 점점 구체화되었다.

'탑은 이쯤에서 됐고.'

그 뒤로 밤바다를 차분하게 입혀 나간다.

별빛이 쏟아지던 그 바다에서
난 너와 함께 있었어

상준은 「밤바다」의 멜로디를 따라 콧노래를 흥얼거리면서 색을 입혔다. 달빛에 빛나 은은한 빛을 띠는 밤바다. 처음 벽화를 그리는 것이라고는 믿기지 않을 정도로 빠른 손놀림에, 열심히 지폐를 그려대고 있던 도영은 붓을 멈췄다.

"와."

미술에 담긴 철학이나 기술에 대해서는 제대로 모르는 상준이다. 따로 배운 적이 없기에, 상준은 그저 생각하는 대로 그리고 있을 뿐이었다.

상준은 무대가 이 벽화와 비슷하다고 생각했다.

머릿속으로 그리고, 보고 싶었던 장면을 눈앞에 펼쳐놓는 것.

그 한 장면을 관객들에게 선사하기 위해 수없이 노력했기에, 상준은 진심을 담아 붓질을 이어나갔다.

"좋다."

탑 위에 은은한 조명을 입히고 바다 위에 명암을 넣어 색을 한층 풍부하게 만든다. 그리고 사진처럼 현실적이면서도, 동화처럼 아름다운 풍경들을 그려낸다.

"……."

신이 나서 벽화 그리기에 열중하던 상준은 어느새 주변이 조용해졌음을 느꼈다.

'뭐지?'

돈이며 차며 집이며 갖고 싶은 것들을 그린다며 난리를 치던 탑보이즈도, 골목에서 그림을 구상하고 있던 다른 봉사자들도 전부 어디론가 가버린 듯한 조용한 정적.

상준은 당황한 표정으로 천천히 고개를 돌렸다.

그리고.

"…와."

"이건 대박인데."

"이걸 지금 그린 거라고?"

부담스러운 눈길들이 자신을 향해 있었다.

상준은 자신을 향하는 여러 명의 시선에 황급히 고개를 돌렸다.

"아, 명암 칠해야 하네."

단체로 자신을 보고 있으니 머쓱하기 짝이 없다.

"크흠."

상준은 헛기침을 하며 마무리 작업을 이어갔다. 상준이 붓을 그을 때마다 열댓 명의 사람들이 빤히 그의 손동작을 쳐다보고 있다.

부담스러워 미칠 지경이지만 별달리 말할 것도 없으니, 상준은 묵묵히 제 할 일을 이어갔다.

'계속 조용히 있으면 다들 갈 줄 알았는데……'

그렇게 몇 분이 지났을까.

"누구여?"

"연예인이라던데요."

"그래? 화가여?"

"아뇨. 아이돌이래요."

급기야 마을 주민들까지 모여들면서 그야말로 인산인해가 되고야 말았다. 산골 마을이니 탑보이즈를 안다기보다도 그림에 홀린 듯 다가온 사람들이었다.

"이건 대박이다."

"찍어야 돼. 자, 이쪽도 봐주세요!"

예상외의 그림 솜씨에 카메라 감독의 움직임도 바빠졌다.

"너무 잘 그렸는데?"

"아, 감사합니다."

"거의 다 끝난 거야?"

"네, 그렇습니다."

상준은 다가오는 어르신들에게 인사를 건네곤 벽을 돌아보았다.

"후."

이제는 정말 마지막 작업이다. 상준은 멤버들이 그려놓은 소망들을 자연스레 한데 묶어두었다. 안개 속에 자연스레 소망이 녹아들어 가듯 파스텔 톤으로 벽화를 그려낸 상준.

"다 했습니다!"

상준이 붓에서 손을 떼자마자 가만히 지켜보고 있던 사람들이 웅성대기 시작했다.

"아니, 이쪽도 해주면 안 되나?"

"여기 골목 끝까지 다 그려줬으면 좋겠는데."

"그러니까. 여기에만 그리기엔 너무 아까운데 말이야."

원래는 한 칸만 배정받았던 벽화 작업이 졸지에 골목 전체로 이어지게 생겼다.

"네?"

상준이 당황한 나머지 머리를 긁적이고 있는 사이.

"얘들아, 얘들아!"

"어, 매니저님!"

잠시 커피를 챙겨 오겠다고 나섰던 송준희 매니저가 돌아왔다. 상준은 놀란 표정을 추스르고 급하게 송준희 매니저에게 다가섰다.

"저 이쪽 작업은 끝났는데 저쪽에서 벽화 마저 그려달라고 해서. 어떻게 할까요?"

간단히 현재 상황을 설명하며 송준희 매니저에게 의견을 구하려 했던 상준.

그런데.

어째 송준희 매니저의 표정이 멍해 보인다.

"……."

"매니저님?"

"아."

원래는 「아이돌 프로듀서」와 관련된 소식을 전하러 급히 온 건데 벽화에 온 정신을 뺏겨 버렸다.

"내 정신 좀 봐."

송준희 매니저는 뒤늦게 정신이 든 얼굴로 말을 뱉었다. 탄성과 함께 뱉어내는 그의 말에는 진심이 담겨 있었다.

"아니, 봉사하라고 했지. 직업을 전향하라는 소리는 아니었는데."

"하하. 그러게요."

"하여간 뭘 하면 너무 본격적으로 하는 거 아니야?"

"형이 원래 그렇긴 하죠."

도영이 납득한다는 듯 그의 말에 끼어들었다.

송준희 매니저가 못 말린다며 혀를 차는 와중에도 사방에서 주문은 쏟아졌다.

"저쪽 벽화는 시간 돼요?"

"페인트 여분 필요하면 말해주고!"

송준희 매니저는 너털웃음을 터뜨리며 말을 이었다. 원래 전해야 했던 말을 순간 잊을 뻔했다.

"아, 별 얘기는 아니고. 아이돌 프로듀서 말이야."

"아, 네."

"맞다, 연습 마저 해야 하는데."

상준이 생각에 잠겨 있는 사이 송준희 매니저의 말이 파고들었다.

"너네 사기 좀 올려주려고 얘기해 주러 왔지. 깜짝 소식이 내려왔거든."

"뭔데요?"

"마지막 경연 우승상."

그동안의 1등상이 줄곧 한우였다면 마지막 경연은 특별한 상이 있는 모양이었다. 상준은 두 눈을 반짝이며 송준희 매니저를 바라보았다. 그가 저렇게 뜸을 들이는 데는 이유가 있을 텐데…….

송준희 매니저의 입에서 묵직한 한마디가 흘러나왔다.

"여행권."

"네?"

"그것도 해외여행권. 4박 5일로."

송준희 매니저의 한마디에, 멤버들의 눈빛이 단체로 불타오르기 시작했다.

"무조건 1등 하자, 이건."

*   *   *

'무슨 노래로 할까?'

마지막 경연의 주제는 다가오는 봄이었다. 4주 차 경연 동안 주로 자작곡을 선보여 왔던 탑보이즈지만 마지막 경연에서는 시간이 부족했다. 기존의 경연에 2주간의 준비 기간이 있었다면, 마지막 경연은 고작 1주였기 때문이었다.

'기존에 있던 곡으로 하는 대신, 우리가 가장 잘할 수 있는 걸로 가자.'

지난 경연들에서 다양한 도전을 해왔지만, 3주 차와 4주 차 경연에서 드림스트릿에게 밀렸던 만큼 이번엔 선곡에 신중해야 했다.

색다르되 가장 잘할 수 있는 것.

바로 청량함이었다.

청량한 이미지로 「모닝콜」과 「EIFFEL」의 행보를 이어온 탑보이즈니만큼, 그 점에 특화된 곡을 준비했다.

여행권에 목숨을 걸고 탑보이즈가 내렸던 결정은…….

"플라이로… 경연을 준비하신다고요?"

유플라이를 기사회생시켰던 노래 「Fly」.

유플라이의 이미지처럼 상큼하면서도 청량한 분위기를 고스란히 담아낸 곡이었다. 이렇게만 들었을 땐 전혀 이상할 포인트가 없긴 하지만.

문제는 그 상큼함이 탑보이즈가 감당할 수 있다는 수준이 아니었다는 것이다.

"그럼요. 그러니까 찾아왔죠."

탑보이즈는 능청스럽게 말을 받아쳤다. 지금 그들의 눈앞에는,

「아이돌 프로듀서」의 팀 경연을 완벽히 소화하기 위한 히든카드, 유플라이의 메인보컬 서아린이 서 있었다.

"아니, 진짜 농담 아니고?"

여전히 충격에 빠진 얼굴로 말이다.

상준은 고개를 끄덕이며 담담하게 물었다.

"어울릴 거 같지 않아요?"

"네?"

아린은 탑보이즈를 빤히 바라보았다. 무슨 자신감에서인지 반짝거리는 두 눈으로 자신을 바라보고 있는 도영과.

"……."

어쩐지 조금 우울해 보이는 유찬까지.

마지막 경연을 위해 걸 그룹의 노래를 선곡한다는 것 자체가 다소 무모한 도전이긴 했다. 하지만 탑보이즈의 강점이 청량함이라고 생각한다면, 이 노래가 그 청량함을 가장 극대화시킬 수 있는 곡이었다.

"들어볼래요?"

상준은 자신감에 찬 표정으로 편곡한 노래를 틀었다.

음역대를 탑보이즈에 맞게 내린 다음 중간 부분은 밤바다의 멜로디를 넣어 탑보이즈의 색을 살렸다. 새로운 파트가 들어가는 바람에 붕 떠버린 부분들을 자연스럽게 조절한 노래.

"와."

'밤바다'를 순식간에 듀엣곡으로 편곡해 온 적이 있었던 상준이다. 분명 'Fly' 무대도 완곡 이상으로 끌어올려 놓았을 거라 생각하긴 했지만 이 정도일 줄은 몰랐다.

"괜찮은데요?"

저도 모르게 흥얼거리게 되는 익숙한 멜로디와 자연스러운 편곡. 이렇게 되니 플라이 선곡을 반대할 수도 없다.

"후, 좋아요."

아린은 피식 웃으며 탑보이즈를 돌아보았다. 편곡도 완료했고 안무도 탑보이즈에 맞게끔 녹여낸 상태다.

이제 남은 건 'Fly' 원곡 가수인 아린의 조언. 상준은 두 눈을 반짝이며 아린의 말을 기다렸다.

"플라이는 포인트 딱 하나만 잡으면 되거든요."

그녀의 입에서 담담한 한마디가 튀어나왔다. 플라이 무대를 선보였을 때 항상 최우선으로 신경 썼던 포인트가 있었다.

"청량함을 한번 표현해 봐요."

어려울 건 없었다.

상준의 시선이 바닥에 놓인 이온음료 캔으로 향했다. 상준은 캔을 손에 쥔 채 벌컥벌컥 들이켰다. 청량함이라고 하면 자연스레 떠오르는 이온음료 광고.

"캬."

툭.

상준은 이온음료 캔을 내려놓으며 뻔뻔하게 답했다.

"이런 거?"

"맞아요. 그게 일반적인 청량함이죠. 근데 플라이는 느낌이 다르거든요?"

플라이로 세 달간 활동을 했던 아린의 진지한 조언.

그녀가 생각하는 플라이의 청량함은······.

"꺄아아아아!"

"어우, 깜짝이야."

갑자기 소리를 내지르는 아린에 상준은 화들짝 놀란 나머지 뒤로 물러섰다. 문제는 그다음이었다.

"까아아아아악!"

그걸 잘못 학습한 유찬이 괴성을 내질렀다.

"어때요? 비슷하지 않았나요?"

"무서웠는데요."

"쟤는 왜 또 까마귀 소리를……."

도영은 혀를 차며 유찬을 저 멀리 밀어버렸다.

"아아악! 왜! 잘했잖아."

"양심이 없구나? 저분이 하면 순정 로맨스지만, 네가 하면 공포영화야."

"…억울하네."

어김없이 투닥대는 둘을 보며 피식 웃던 아린은 자신감에 찬 표정으로 말을 이었다.

"아무튼 이런 포인트만 살리면 돼요."

"…꺄아아, 이런 거?"

상준이 떨떠름한 표정으로 묻자 아린은 한 치의 망설임 없이 힘차게 고개를 끄덕였다. 어쩐지 못 미덥긴 하지만 아린은 그 어느 때보다 활기차 보였다.

"자, 여러분 집중하세요! 청량함 강의 들어갈게요!"

"……."

"다들 모여봐요! 이렇게만 하면 이온음료 광고 쏟아질 테니깐."

그리고.

농담 삼아 던진 아린의 말은 현실이 되었다.

＊　　　＊　　　＊

"아, 포카리스위트에서 연락이 왔다고?"

"삼… 삼 프로에서?"

쉴 새 없이 쏟아지는 문의. 조승현 실장은 당황한 얼굴로 홍보 팀에서 걸려오는 전화를 계속 붙들고 있었다.

"네, 아이돌 프로듀서 마지막 경연! 드디어 대망의 우승 팀 발표만 남았습니다!"

아직 「아이돌 프로듀서」의 마지막 방송이 끝나지도 않은 상태다. 그런데 대형사의 광고를 이렇게 줄줄이 물어 오다니. 조승현 실장은 당황한 얼굴로 TV에 다시 시선을 고정했다.

"어어. 일단 방송 끝나고 마저 얘기하지."

실시간으로 진행되고 있는 「아이돌 프로듀서」 마지막 방송. 조승현 실장은 긴장한 낯빛으로 방송을 바라보았다.

"후우."

그 시각, 실장실에서 벌어지는 일을 알 리 없는 상준은 조승현 실장 못지않게 떨고 있었다.

"드림스트릿과 탑보이즈."

"……"

"각자 멋진 무대를 선보여 주었는데요. 과연 우승 팀은 누가 될까요?"

탑보이즈는 가장 잘하면서도 색다른 것으로 돌아왔다. 3, 4주차 내내 드림스트릿에게 밀리던 실시간 투표를 대비해서 시각적인 즐거움을 주기 위해 노력했고.

'꺄아아아아!'

실제 탑보이즈가 아린이 설명한 그대로의 청량함을 선보이진 않았지만, 이미 곡이 주는 분위기 자체가 팬들을 사로잡기엔 충분했다.

"탑보이즈! 탑보이즈! 탑보이즈!"

생방송 무대 와중에도 탑보이즈를 향한 응원이 가라앉지 않는 이유였다. 팬들이 정확히 원하는 탑보이즈의 모습을 최대치로 끌어냈다. 가히 레전드 무대라고 칭할 수 있었던 오늘의 무대다.

하지만, 마지막 경연이니만큼 드림스트릿의 무대도 상당했다.

'괜히 3년 차는 아니야.'

상준은 태헌을 힐끗 돌아보며 속으로 중얼거렸다. 드림스트릿의 무대는 펑키 느낌의 빠른 템포의 노래였다. 결승전답게 양 팀 모두 심사 위원의 반응은 호평 일색이었다. 방청객 반응도 거의 비슷한 상황.

'1등 하고 싶다.'

상준은 두 손을 모은 채 다시 고개를 돌렸다.

그 순간, 상준은 태헌과 눈이 마주쳤다.

여행권. 꼭 여행권이 아니더라도 나름 자존심이 걸린 문제. 서로를 의식하던 상준과 태헌은 동시에 웃음을 터뜨렸다. 문득 예전의 기억이 다시 떠올랐기 때문이었다.

'6월 넷째 주의 1위!'

'두구두구두구.'

'탑보이즈와 드림스트릿 중, 과연… 누구일까요?'

상준은 흐릿한 미소를 지으며 허공을 올려다보았다. 화면 위
로 두 팀의 이름이 떠워지고, 그들이 선 발판이 은은한 조명을
내뿜고 있었다. 멤버들은 그 위에 서서 긴장한 기색으로 침을
삼켰다.

그 순간. 잠시 뜸을 들이던 사회자가 말을 이었다.

"네, 결과가 나왔습니다."

"와아아아아!"

순식간에 달아오르는 관객석. 상준은 떨리는 손으로 발판을
내려다보았다. 자신이 지금 자리하고 있는 이 발판이 환하게 빛
날지, 아니면 어둠에 잠기게 될지는 이제 이 결과에 달려 있었
다.

"아이돌 프로듀서 마지막 경연. 우승을 차지하게 된 팀
은……"

찰나의 정적이 흐르고.

사회자는 결과지를 손에 든 채 천천히 앞으로 걸어 나왔다.
여전히 관객석이 잘 보이지 않는 어둠. 그 어둠 속에서 결과만을
기다리던 순간.

"바로!"

"두구두구두구."

"……."

방청객에서 웅성이던 소리도 완전히 사그라들고 온통 어둠 속에 무대가 잠긴 것만 같던 와중에.

사회자의 입에서 익숙한 이름이 튀어나왔다.

"탑보이즈입니다! 박수 부탁드립니다!"

사회자의 말이 끝나자마자 사방에서 튀어나오는 함성.

파아악—.

무대 양 끝에서 터져 나오는 불꽃 소리와 함께 팬들의 응원 소리가 점점 커져갔다.

"탑보이즈! 탑보이즈! 탑보이즈!"

"꺄아아아아!"

상준은 머리 위를 환하게 비추는 조명을 보며 잠시 감격했다. 어떤 무대에 서든 1위를 차지하는 것은 심장을 뛰게 하는 일이다. 꺼진 조명에서 걸어 나온 태헌이 피식 웃으며 말을 던졌다.

"…잘하더라."

예전이었다면 시기부터 했겠지만, 이제는 탑보이즈의 무대를 인정하는 태헌이다. 상준은 미소를 지으며 고마움의 눈길을 보냈다. 그때, 익숙한 얼굴이 상준의 눈에 들어왔다.

"어, 매니저님!"

무대 아래에는 헐레벌떡 뛰어온 송준희 매니저가 서 있었다. 탑보이즈의 우승 발표가 난 뒤 제 일처럼 멤버들을 맞이하러 뛰어나온 송준희 매니저.

"어서 가자, 얘들아."

그의 입에서 환희에 찬 목소리가 흘러나왔다.

"비행기 타러 갈 시간이다."

*   *   *

"우리 그러면 가서 자유롭게 여행하는 거야?"

"여행도 하고 리얼리티 촬영도 하고. 안무도 배운다던데?"

"안무?"

「아이돌 프로듀서」에서 여행권을 타낸 탑보이즈 멤버들이 출국하는 날. 숙소는 이미 난장판이 되어 있었다. 선우는 떨리는 듯 여러 옷을 대보며 공항 패션을 선보이기 위한 준비를 하고 있었다.

"상준아, 이거 이렇게 입으면 되나?"

"형도 참. 물어볼 사람이 없어서 상준이 형한테 물어보냐."

도영이 선우와 상준 사이를 끼어들며 묵직한 한마디를 날렸다.

"이 형은 공항에서 가방 광고 찍은 사람이잖아."

"…아."

상준은 머리를 짚으며 도영을 외면했다. 멤버들 중 처음으로 공항 패션을 선보였던 상준이지만, 흑역사의 한 페이지를 만들어 냈기 때문이었다. 상준은 헛기침을 하며 화제를 돌렸다.

"다들 준비는 다 했나?"

"이 정도 짐 챙기면 되는 거야?"

"가서 우리 뭐 해야 되는데?"

궁금한 점이 많은 도영과 제현이 연거푸 질문을 던졌다. 상준은 능숙하게 고개를 까닥이며 설명을 이어갔다.

"간단하게 수색 검사 하고 짐 맡긴 다음에 비행기 타면 될걸."

"와, 형 해외 많이 나가봤나 보네."

난생처음 해외에 나가본다는 도영과 제현은 감탄하며 두 눈을 반짝였다. 상준은 흐뭇한 미소를 지으며 능청스레 말을 뱉었다.

"아냐. 나도 되게 오랜만이라."

"몇 년 만인데?"

지난번 「무인도의 법칙」 촬영 때문에 제주도를 가는 비행기를 탄 적은 있지만, 해외는 정말 오랜만이긴 했다. 상준은 턱을 쓸어내리며 과거를 회상했다.

"한 23년 정도……?"

"……"

"네?"

뭔가 사기당한 기분. 제현은 맥 빠진 얼굴로 한숨을 내쉬었다.

"그냥 쭉 한국에 사신 거 아닌가요?"

"…제가 또 애국자라."

"말이나 못하면 몰라."

제현의 묵직한 한마디에 상준은 피식 웃음을 터뜨렸다. 그래도 공항을 경험한 입장으로서 자신이 줄 수 있는 팁은 최대한 주고 싶었던 상준.

상준이 올바른 마음으로 제현에게 조언을 하려던 순간, 유찬이 의미심장한 눈길을 보냈다.

"으음. 제현아."

유찬의 눈길에 상준의 생각이 바뀌었다. 상준은 헛기침을 하며 제현의 어깨를 툭툭 쳤다.

"너 비행기 아예 처음 타보는 거지?"

"엉, 나 제주도도 가본 적 없는데."

접수.

상준은 자꾸만 올라가려는 입꼬리를 내리며 자연스레 말을 뱉었다.

비행기를 탈 때 가장 중요한 한 가지. 비행기 선배로서 제현에게 건네고 싶은 조언이 떠올랐기 때문이었다.

그것은 바로…….

"비행기는 신발 벗고 타는 거 알지?"

상준의 이 한마디가 어떤 후폭풍을 불러올지.

"맞아, 신발 벗고 타는 거야."

"그러엄. 그러엄."

사악한 눈길을 주고받던 상준과 유찬은 까맣게 모르고 있었다.

*　　　*　　　*

"진짜 신발을 벗고 탄다고?"

"그렇다니까."

유찬과 상준이 짜고 치며 주고받는 멘트에 제현은 크게 흔들렸다. 모든 걸 알고 있지만 차마 끼어들 수 없었던 선우는 먼 산을 바라보았다.

"하긴 생각해 보니까. 드라마나 영화에서 보면 비행기 탈 때 신발을 벗었던 것 같기도 하다."

멍청한 도영은 그새 걸려들었다.

'대체 넌 뭘 본 거니.'

그 어떤 드라마나 영화에서도 그런 장면은 나오지 않았을 텐데.

"근데 그러면 슬리퍼 챙겨 가야 하는 건가?"

"그냥 신발만 벗으면 돼."

상준은 제현의 등을 토닥이며 인자한 미소를 지어 보였다. 도영은 생각보다 쉽게 넘어왔으니 제현을 속이려면 보다 적극적인 노력이 필요했다.

'은근히 멍청한데 아주 멍청하진 않단 말이지.'

도영에 비해선 생각보다 속이기 힘든 케이스다. 상준은 고민 끝에 자신이 신발을 벗기로 했다.

"내가 이따가 보여줄 테니 그대로 따라 하기만 하면 돼."

"오케이."

상준을 믿겠다며 무한 신뢰의 눈빛을 보내는 제현과 도영. 송준희 매니저는 룸미러로 멤버들을 확인하며 짧은 한숨을 내쉬었다. 분명 저 미묘하게 감도는 분위기는……

'서로를 엿 먹이려는 느낌인데.'

어느덧 멤버들과 반년 훌쩍 넘게 생활해 온 송준희 매니저다.

이제는 얼굴 표정만 봐도 멤버들의 상태를 짐작할 수 있었다. 고로, 지금 저 상태는 상당히 사악한 상태였다.

끼이익.

송준희 매니저는 공항 주차장에 차를 정차시킨 후 차 문을 열어젖혔다.

"자, 가자."

"가자! 여행 가자아!"

제현을 골탕 먹이겠다는 계획도 잠시 내려두고 신나서 뛰어가는 멤버들. 그것도 잠시, 공항에 들어선 멤버들은 제법 당황했다.

"꺄아아아아!"

"탑보이즈! 탑보이즈! 탑보이즈!"

"와아아아악!"

출국 현장을 보겠다며 일렬로 줄을 서 있는 팬들로 모자라, 곳곳에 서 있는 기자들까지. 제현은 얼빠진 얼굴로 두 눈을 끔뻑였다.

"다… 우리 보러 오신 건가?"

"공항 패션이 괜히 있냐. 여기가 외국도 아니고, 팬분들이 보러 오신 거지."

「무인도의 법칙」 때 비슷한 경험을 한 적 있는 상준은 담담한 목소리로 말을 뱉었다. 제현은 여전히 신기한지 사방을 두리번대며 공항 복도를 걸어갔다.

"자, 탑보이즈 지나갈게요!"

"와아아아!"

중간중간 편의점이나 식당에 가도 알아봐 주시는 분들이 많았지만, 이렇게 공항에 한데 모여 있는 모습을 보니 새삼 유명인이 된 기분이 든다.

　"와."

　"사람 진짜 많긴 많다."

　탑보이즈 멤버들은 떨리는 손으로 가방을 꼭 잡으며 수색대를 통과했다.

　티켓도 끊었고 짐도 부쳤으니 이제 남은 건 정말 입장뿐.

　송준희 매니저는 멤버들을 챙기며 비행기 시간을 체크했다.

　그렇게 몇 분이 흘렀을까. 멤버들이 타야 할 비행기가 출발할 시간이 되자 송준희 매니저는 캐리어를 끌며 말을 던졌다.

　"이제 가자."

　"넵!"

　"입구가 여기예요?"

　공항은 처음이라 마냥 신기하기만 하다. 제현은 이것저것 물어대며 송준희 매니저를 따라 쫄래쫄래 복도에 들어섰다.

　"안녕하세요."

　"네, 안녕하세요!"

　친절하게 인사를 건네는 승무원을 거쳐 12번 홀에 들어선 멤버들. 도영과 제현은 신기한지 거듭 주변을 둘러보았다. 복도 끝에 선 승무원이 미소를 지으며 말을 걸어왔다.

　"좌석 확인할게요."

　탑보이즈는 안내를 따라 입구 앞에 다다랐다. 상준이 태연히 티켓을 건네려던 순간, 제현이 다급히 상준을 불러 세웠다.

"형, 뭐 해?"

"어?"

아무 생각 없이 비행기에 오르려던 상준은 그제야 두 눈을 끔뻑였다.

"신발 벗고 가야지."

"아."

제현의 해맑은 한마디에 복잡한 얼굴이 되는 승무원.

'방송 촬영인가?'

TV에서 탑보이즈를 몇 번 본 적 있었던 그녀였기에 자연히 생각이 그쪽으로 향했다. 지금 눈앞에서 주고받는 이들의 대화가 방송용이 아니라면……

'다들 멍청한 건가?'

"비행기에는 다들 신발 벗고 타는 거랬잖아. 형도 벗어."

"어어, 벗어야지."

승무원은 혼란스러운 얼굴로 한 명씩 신발을 벗어나가는 탑보이즈 멤버들을 바라보았다. 그 와중에 도영은 고개까지 숙여가며 승무원에게 사과했다.

"아, 저희가 정말 죄송합니다. 미리 벗고 왔어야 하는데."

"……"

"제현아, 들어가면 신발장 있어."

참아야 한다. 참아야 한다.

금방이라도 웃음이 터져 나올 거 같은 입꼬리를 내리며, 승무원은 속으로 애국가를 불렀다.

그 와중에도 제현과 도영은 코미디를 찍고 있었다.

"신발 예쁘게 벗어놔야지."

"들고 타는 거라니깐. 무슨 소리야."

"형도 어서 벗어놔."

엉거주춤한 자세로 제현과 도영에 못 이겨 신발을 벗는 상준과 유찬. 선우는 해탈한 얼굴로 신발을 벗고 들어갔다.

"후."

멤버들이 비행기 안으로 사라지기 무섭게 승무원은 작게 중얼거렸다.

"잘생기긴 잘생겼는데. 뭔가… 부족하네."

역시 신은 공평하다. 얼굴 대신 머리를 내려놓은 게 아닐까.

TV에 나오는 연예인들에 대한 환상을 잠시 접어두어야겠다며 고개를 끄덕이는 승무원. 하지만, 그녀와 멤버들조차 찰나에 벌어진 상황은 알지 못했다.

찰칵.

그 장면을 목격한 이가 있었을 줄은.

*   *   *

"안녕하세요, 여러분. 상준 캠입니다!"

"…우에에에."

"이상하게 호응하지 말라고."

"꾸엑."

옆자리에 앉은 도영이 괴상망측한 소리를 내는 걸 무시하고, 상준은 카메라를 보기 좋은 각도로 조정했다.

원래는 비행기에 타자마자 신발 사건에 대한 해명을 도영에게 해줄 생각이었지만 곧바로 라이브 방송을 하는 바람에 타이밍을 놓치고야 말았다.

"다들 멤버들은 이제 슬슬 잘 예정이고."

"……."

"도영이는 그새 자네요."

상준은 빠르게 들어오는 팬들에게 손을 흔들며 차분히 말을 이었다.

어쩌다 보니 이번 기회가 탑보이즈 챌린지의 다섯 번째 도전이 된 덕에 중간중간 소통용 라이브 방송과 촬영을 겸할 생각이었다.

그런 뿌듯한 계획으로 방송을 틀었는데.

―뭐야? 라이브야?
―?????? 뭐지 해명 영상인가?
―ㅋㅋㅋㅋㅋㅋㅋㅋㅋㅋㅋㅋ 아 왜 얼굴만 봐도 웃기지?

평소보다도 격렬하게 쏟아지는 댓글들. 그중 몇 개를 포착한 상준은 고개를 갸우뚱해 보이며 피식 웃었다.

"얼굴만 봐도 웃겨요? 왜요?"

―왜인지 몰라요?
―띠용
―진짜 몰라????

얼굴만 봐도 웃길 만한 이유. 수많은 이유를 곰곰이 짚어보던 상준은 깨달았다는 듯 고개를 힘차게 끄덕였다.

"아. 잘생겨서요?"

본인의 입으로 당당하게 말을 뱉어내는 상준. 연예계 입성 6개월 만에 얼굴에 철판을 까는 데엔 성공했다. 다만, 댓글들은 상준이 예상하던 방향과는 거리가 멀었다.

　—이걸 본인 입으로 말하는 게 더 웃기네 ㅋㅋㅋ

　—아ㅋㅋㅋㅋ 도랐냐고 ㅋㅋㅋㅋㅋㅋ

　—근데 상준아 진짜 몰라?

　—기사까지 떴는데 모른다고?

　—지금 난리 났는뎅????

"에?"

어쩐지 반응이 심상치 않다. 흑역사 하나하나를 생성해 낼 때마다 온몸을 감돌았던 싸한 기분. 갑자기 그런 기분이 들기 시작했던 상준은 벌떡 고개를 들었다.

"무슨 일 있어요?"

상준은 급한 대로 황급히 도영을 깨웠다.

"…왜?"

"야, 무슨 일 났는지 확인해 봐."

"무슨 일?"

—ㅋㅋㅋㅋㅋㅋㅋㅋㅋㅋㅋ

—진짜 모르나 본데

—맙소사…… 너희는 대체.

—신발 좀 신고 다녀 얘들아 ㅠㅠ

—ㄹㅇ 몰랐어? 아니면 컨셉이야?

—방송 촬영하고 있던 거 아니야?

댓글을 찬찬히 읽어 내려가던 상준의 얼굴이 새하얘졌다. 도영과 제현에게 장난을 걸고자 시작한 일이…….

"기, 기사가 났다고요?"

—○○ 연예 기사 메인에

다른 곳도 아니고 메인에 떡하니 걸릴 줄이야.

*　　　　　*　　　　　*

「[포토] 탑보이즈의 공항 패션, '요즘 대세는 신발 안 신어'」

「비행기 탈 때는 신발을 벗는 예의 바른 아이돌」

「탑보이즈 알고 보니 방송용 컨셉? '아니야 정말 몰라'」

"……"

탑보이즈 멤버들을 열심히 출국시키고 왔다. 해외 스케줄이 처음인 멤버들이라 실수 없도록 안전하게 출국하도록 지시까지 두어 번 보냈고.

그런데.

"이게 뭘까?"

조승현 실장은 휴대전화를 붙든 채 작게 중얼거렸다. 수화기 너머로 송준희 매니저가 당황한 목소리로 말을 더듬었다.

―기사까지 뜰 줄은 몰랐네요.

조승현 실장은 두 눈을 끔뻑이며 깊은 한숨을 내쉬었다. 비행기 안에서 해맑게 신발을 내려놓는 멤버들. 익명의 제보자가 포착한 찰나의 순간은 이미 SNS에 널리널리 퍼졌다. 이 모습을 본 네티즌들의 댓글은 이미 화려했다.

―사상 최초 신발 벗는 아이돌 ㅋㅋㅋㅋㅋ
└JS 엔터가 인성교육 잘 시켰네
└첫 출국부터 아주 화려하다.
―1, 2초쯤에 잘 보삼. 선우 완전 해탈한 표정으로 신발 벗는데?
└내가 봤을 땐 선우 빼곤 다 몰랐던 거 같음
└에이 설마
└상준이는 일단 알았을 리가 없고
└이미지 무엇 ㅋㅋㅋㅋㅋㅋ
└이런 이미지였어?
└가방 사건만 봐도……. 합리적 의심이다, 이건.
―JS 엔터야. 애들 신발 좀 신겨줘라…….
└왜 매니저는 쳐다만 보고 있음 ㅋㅋㅋㅋ

ㄴ승무원 웃음 참는 거 봐

ㄴㄹㅇ 극한 직업

ㄴ눈앞에서 코믹쇼 직관하시네;; ㅗㅜㅑ

댓글들을 보니 한층 머리가 더 복잡해진다. 조승현 실장은 머리를 짚으며 말을 이었다.

"백치미까진 좋은데 말이야."

—…….

"이건 그냥 멍청한 거잖아."

물론 조승현 실장 눈에는 제 자식처럼 귀엽고 얼빵해 보이긴 했지만, 남들 눈에는 얼마나 모자라 보일지 짐작조차 할 수 없었다.

"지금은 어디서 전화하는 거야?"

—아, 지금 경유하는 거 때문에 공항에 대기 중입니다.

조승현 실장은 다시 한숨을 내쉬며 송준희 매니저에게 넌지시 물었다.

"그래서 지금 애들은 기사 봤어?"

—열심히 해명 중인 거 같습니다.

송준희 매니저는 고개를 돌리며 조 실장의 물음에 답했다.

실제로 상준은 억울하다는 표정으로 열변을 토해내고 있었다.

"저는 알았는데 제현이 속이려고 그런 거예요."

"형, 너무 우애 깊어 보이잖아, 그러면."

"저희 우애가 좀 깊죠."

하지만, 아무리 상준이 억울함을 호소해도 팬들은 결코 믿지 않았다. 상준이 그간 펼쳐온 행적이 너무도 화려해서였다.

"으어어. 믿어주세요, 진짜."

"……"

"왜 아무도 내 말을 안 믿어주는 걸까?"

울상이 된 얼굴로 답답한지 팔다리를 휘젓고 있는 상준. 송준희 매니저는 휴대전화를 움켜쥐며 말을 이었다.

"해명에 실패한 거 같습니다."

—괜히 헛소리나 하지 말라고 해.

"…이미 많이 한 것 같은데요."

뭐, 살다 보면 신발 벗고 비행기를 탈 수도 있지.

조승현 실장은 송준희 매니저와 대화하면서 점점 관대해짐을 느꼈다. 정확히는 관대해진다기보다도 해탈에 경지에 다다른 기분이었지만.

—너무 멍청해 보이지는 않게 홍보 팀에 기사 쏘라고 얘기해 둘 테니까, 애들 숙소 도착하면 짐 잘 정리하고 다음 스케줄 준비하라고 해.

"넵."

—여행이니까 너무 빡세게 돌리진 말고.

"네, 알겠습니다."

후우.

조승현 실장은 못 말린다는 듯 한숨을 내쉬며 휴대전화를 내려놓았다. 이벤트처럼 잊을 때마다 사고를 치는 멤버들이다. 아직 신인다운 패기와 지나칠 정도의 팀워크가 종종 만들어내는 흑역사.

"그래도 즐거워 보이네."

제현을 속이겠다는 일념 하나로 즐겁게 웃고 있는 상준과 유찬을 보며, 조승현 실장은 저도 모르게 흐뭇한 미소를 지었다.

"실장님!"

벌컥.

홍보 팀 직원 하나가 실장님 문을 열어젖히기 전까지는 말이다.

"어?"

당황한 눈길로 그를 바라보는 조승현 실장에게, 홍보 팀 직원이 다급히 말을 뱉었다. 전혀 예상치 못했던 한마디가 그에게서 흘러나왔다.

"신, 신발 광고 들어왔다는데요."

조승현 실장은 놀란 눈을 번쩍 뜨며 고개를 들었다.

'설마, 이 사고를 쳐서?'

사고 한 번에 광고 하나라니. 조승현 실장은 너무도 놀란 나머지 나직한 감탄사를 뱉어내었다.

"뭐, 신발?"

『탑스타의 재능 서고』 7권에 계속…